COLLECTION FOLIO

Serge Joncour

U. V.

Gallimard

Serge Joncour est né le 28 novembre 1961. Très tôt il est allé à l'école, par la suite il en est sorti. Il a commencé des études de philosophie alors qu'il voulait faire nageur de combat, mais au bout de six mois il a tout laissé tomber, faute de temps. Il publie son premier roman, *Vu*, en 1998, au Dilettante. Entre-temps il a travaillé dans les « secteurs d'activité », et parfois même au-delà. Pour le reste il est à la fois timide, discret, et assez maladroit. De tête, sans regarder la montre, il peut dire l'heure à dix minutes près.

U.V. a reçu le prix Roman France Télévisions 2003.

I

— *Que trouverai-je dans ton palais ?*
— *Tu te trouveras dans mon palais et cela suffit.*

AHMED SÉFRIOUÏ

C'est sans doute le blanc qui les rassura.

Qu'un inconnu pousse comme ça les grilles de votre parc, qu'il soit habillé de blanc de la tête aux pieds, que ce blanc-là soit impeccable, et l'on ne songe même pas à se méfier.

À cette heure-là de l'après-midi le soleil tapait en plein sur la terrasse, seules Julie et Vanessa pouvaient supporter ça. Profitant de ce qu'elles se savaient seules elles avaient même ôté le haut de leur maillot de bain, et se laissaient aller, seulement disposées à bronzer. De loin l'homme marqua un temps d'arrêt, il eut même la délicatesse de se retourner, laissant apparaître un grand sac qu'il portait à l'épaule, blanc lui aussi. Julie passa sa chemise, Vanessa s'enroula d'une serviette de bain, fâchée de s'offrir presque nue, dissimulant sa nudité tout en la soulignant davantage.

L'homme marchait vers elles avec la démarche un rien surjouée, à peine heurtée, de ceux qui se savent observés. Il éparpillait ses regards à droite à gauche, comme s'il cherchait à tout voir de ce décor, à tout envisager. Dans les verres de ses Ray-Ban, les reflets scandaient du plan par plan ; la pelouse vert émeraude lissée comme un velours, le Trianon de pierres blanches, la piscine au bas des marches, les fauteuils translucides qui ondulaient dessus, les transats en teck, vides eux aussi, cette suprême désinvolture du luxe quand il confine à la négligence, un climat dans lequel il se retrouvait pleinement.

L'avaient-elles déjà vu ? L'une et l'autre cherchaient, sans réponse, pas plus qu'elles ne supposaient le motif qu'il pouvait avoir de venir là. La plage sans doute, le bateau peut-être.

Ce qui emporta la décision de se montrer courtoises, c'est cette délicatesse qu'il eut de relever ses lunettes de soleil, un genre de prévenance tout de même, le souci pour le moins de ne pas les perturber davantage en se dissimulant le regard. D'autant que ce regard, ce fut sans doute la deuxième partie de la proposition, un bleu acide qui visait droit, de ces regards dont on se détache toujours avec la sourde culpabilité de les fuir.

L'homme se dirigea tout naturellement vers Vanessa, comme s'ils se connaissaient déjà, sans gêne ni effronterie, il avait le soleil de face.

Se perdre à nouveau dans les détours d'une fausse pudeur, circonscrire ces sourdes inimitiés qui couvent parfois d'emblée, affecter ces reculs qui décuplent les intentions de l'autre, se dégager, revenir, et se sentir atteint par cette trop grande facilité qu'on peut parfois avoir à plaire, trouver le juste équilibre entre délicatesse et entêtement...

Philip n'étant pas là, elles essayaient d'évaluer la date de son retour. Demain, ce soir, tout à l'heure peut-être ; de toute façon avec lui on ne savait jamais... En disant cela elles pointaient l'approximative fiabilité de leur frère, sans s'en plaindre toutefois, sans du tout l'accabler.

Pourtant il m'avait dit...

Eh oui que voulez-vous...

Il y avait dans leur façon de lui répondre cette politesse plaintive, ce regret de décevoir, la parfaite conscience en tout cas d'avoir fait tout ce chemin pour rien. L'homme se présenta. Boris. Le prénom disait quelque chose, et puis quand il évoqua l'internat, les années compromises par cette quasi-réclusion, tout ce que tout le monde sait des pensionnats, elles retrouvaient un peu de ces souvenirs glacials qu'elles connaissaient de leur frère, ces douloureuses années passées à résister au dressage, tout un échafaudage de bienséances et de civilités sans le moindre résultat cependant ; la preuve.

Un petit rire ondula. Une façon pour eux de se détendre. Il y a toujours une vague tension à rencontrer quelqu'un pour la première fois, surtout sur de telles bases. D'avance il sentait l'exercice parfaitement réussi. Une sommaire présentation, une pincée d'anecdotes, l'adresse de ne pas les regarder ailleurs que dans les yeux, il survolait ces préliminaires.

Des deux sœurs, c'est Julie qui se montrait la plus compréhensive, la plus ennuyée en tout cas.

— Voyons, son vol partait de Newport le 10, je sais aussi qu'il voulait passer un ou deux jours à New York…

— De toute façon il sera là pour le 14 juillet, lâcha Vanessa, agacée par la trop franche aménité de sa sœur…

Instantanément c'est à elle-même qu'elle en voulut, réalisant qu'elle venait ni plus ni moins de leur offrir la transition parfaite. Et Julie qui

14

s'étendait sur toutes sortes de précisions au sujet du 14 juillet, expliquant que tous les ans Philip tirait crânement son feu d'artifice depuis la pointe sud de l'île, comblant ainsi tous les estivants de l'endroit en plus de la famille, et cette cérémonie, pour idolâtre et consensuelle qu'elle soit, il la manquerait d'autant moins que c'était pour lui une occasion unique de briller, de démontrer à quel point il était tout de même bon à quelque chose, le 14 juillet c'était son apothéose…

Boris visualisa le plaisir équivoque de jouer avec tout ça, les explosifs multicolores, les détonations décuplées par les falaises, la pluie de reflets sur toute la baie, les cris que ça ne devait pas manquer de soulever, le ravissement général…

Toujours assise, Vanessa comprimait sa serviette sur elle comme s'il faisait froid, bougeant le moins possible, craignant de se découvrir en quoi que ce soit. Ce qui la taraudait le plus c'était la perspective de cette engueulade ; s'il y a longtemps qu'elle ne se formalisait plus de l'inconséquence de son frère, cette fois il dépassait les bornes. Leur flanquer comme ça un inconnu dans les pattes, sans la moindre instruction, sans même qu'on sache où le joindre, suspendu à un numéro sourd dont tout indiquait qu'il n'avait pas payé le forfait, encore

une fois c'était à la limite de l'irresponsabi-
lité… Et voilà qu'à nouveau elle lui en voulait,
à nouveau elle se rêvait le remettant à sa place,
la colère supplantant l'inquiétude elle antici-
pait ce formidable savon qu'elle lui passerait
dès qu'il serait là.

Face à un proche, on s'alarme très vite de ce
que son portable ne réponde pas, les sonneries
qui se perdent dans le vide, les intuitions que ça
ne manque pas d'éveiller, les invocations du pire,
alors que de la part de Philip c'était presque normal, une marque supplémentaire de son inconséquence, de cette éternelle adolescence qui ne
le quittait pas.

Derrière un sourire de façade, déjà Vanessa
ne pensait plus qu'à ça, l'avoir sous la main et
lui dire ses quatre vérités. Tous avaient trop tendance à considérer la légèreté de Philip comme
un de ses traits, sinon une qualité, et si tout le
monde s'était résigné au manque de fiabilité de
son frère, pour sa part elle ne désespérait toujours pas de le changer.

— Vous n'auriez pas quelque chose à boire ?
— Bien sûr. Vanessa, tu t'en occupes… ?

Vanessa lança un œil venimeux à sa sœur,
scandalisée par ce ton supérieur, signe que la
seule présence de cet individu l'amenait à perdre son naturel, verser dans le rôle de composition. Elle verrouilla sa serviette et se leva sans un

mot, vaincue par cette sensation d'après-midi foutu, cette injure des coïncidences qui veut que parfois, comme il en va d'un sort jeté, on n'arrive pas à être tranquille.

Au travers de cette soif il revisitait tout son voyage, comme si elle en avait été la constante, ce départ précipité, la vertigineuse sensation de débarquer, ces sollicitations diverses, l'arrière-goût de chlore au moment de se poser, toujours le même quel que soit le robinet, celui des aires d'autoroute comme celui des toilettes du port, les carafes d'eau des cafés et les giclées des fontaines, et cette difficulté chaque fois à trouver le chemin, le chercher comme une soif, recomposant le trajet d'après ce que l'autre lui en avait dit.

Julie jubilait de sentir ce type planté au-dessus d'elle, elle jouait de cette prédominance qu'il y a à se savoir sur son terrain, sans arrogance ni dédain, juste la petite jouissance intime de dominer les autres, les amener à ce qu'ils demandent en tout la permission. Gamine, elle était même odieuse à cause de ça, profitant des week-ends pour inviter les copines d'école, ne serait-ce que pour la minime perversion de les régenter toutes. C'est là que sans demander quoi que ce soit, de lui-même Boris empoigna une chaise et s'assit. Il rabaissa un temps ses lunettes, Julie se surprit dans le reflet, une image qui passa comme un trouble, elle s'y découvrit hébétée, très vite elle se redressa.

Cette assurance, cette façon de ne pas demander, ce manque total d'adhésion à son petit jeu, ça lui plaisait, ça l'émouvait qu'un homme puisse avoir ce genre d'impertinence. Déjà elle entrevoyait le régal subtil, la victoire que ce serait d'arriver à déstabiliser ce type, d'une façon ou d'une autre le mettre mal à l'aise.

Visiblement repeignée, le paréo à hauteur des aisselles, Vanessa réapparut sur le perron. Elle tendit le verre à Boris sans autre amabilité qu'un sourire crispé, une simple grenadine qu'il saisit avec la précaution d'un trophée. Ces quelques décilitres qu'il y avait là, ce précieux liquide qu'il détenait, c'était la mesure même du temps qu'il lui restait pour convaincre, tant que ce verre ne serait pas fini, il tiendrait le prétexte de s'incruster, sachant que la dernière navette quittait l'île à vingt heures. Avant même d'y plonger ses lèvres il le roula longuement dans sa paume, s'en rafraîchit par le contact, il le porta même à sa joue, le tendit devant lui, un rouge absolument liquide, absolument rouge, comme tout ce qu'on voyait au travers, cette maison, ce parc, le tout ondulant dans une nébuleuse rouge, la piscine, la mer au-delà, le décor entier noyé dans le grenat, le jus d'un fruit mis à sa disposition, une grenade piétinée… N'y tenant plus, il avala son verre cul sec et en ressortit dans un soupir. Avec l'urgence d'un réflexe il pria qu'on le resserve.

Vanessa fut surprise de cette célérité, une goujaterie tout juste désamorcée par un heureux sourire.

Pour Julie il avait tout simplement soif.

— Eh bien tu ne le ressers pas ?

Chaque fois que la chaleur se répandait ainsi en tout, suffocante comme un gaz, le marchand de couleurs redoutait d'avoir tout ça chez lui. Ce qui l'impressionnait le plus c'était ces pochoirs à l'encre rouge, ces *danger* inscrits partout. La contrepartie de ses angoisses, la rançon de cette épreuve, c'est que la commission serait bonne. Chaque année il les revendait avec une marge plus que confortable ses fusées, une marge même inhabituelle pour un simple droguiste, des *Ruggieri* déjà hors de prix à la base...

L'autre compensation était l'incidence de la première, car lui et sa femme étaient toujours invités aux premières loges par les Chassagne, une façon pour eux de rallier le camp des élus, goûter le feu d'artifice depuis son meilleur point de vue. Mais bon, tant que Philip — l'allumé comme ils l'appelaient entre eux —, ne serait pas venu le soulager de cet arsenal, il savait qu'il dormirait mal.

En ville aussi il y aurait bien un feu d'artifice, mais communal celui-là, des fusées pâlottes, tirées à plusieurs minutes d'intervalle par des pompiers enjoués, et les ébahissements surfaits d'un public moqueur, une caricature de splendeur. À côté de ça celui du fils Chassagne faisait l'effet d'une provocation, un 14 juillet d'aristocrates en quelque sorte. La suprême majesté de ce ballet d'étincelles, ces ondées d'escarbilles sur la mer en miroir, ces fontaines stridentes sur le granit rose, c'était tout de même autre chose que les belles rouges et les belles bleues des pompiers du port... Deux ou trois pompiers moyennement éméchés, mélangeant allégrement les canettes de bière avec les tubes à feu, décapsulant l'un pour se siffler l'autre, ce qui parfois donnait des fusées à l'effet pour le moins éventé, un genre de bière d'artifice, des belles rouges qui giclaient mou, et une verte poussive qui rotait par là-dessus, et ainsi de suite jusqu'à ce que tout le monde se désole ou s'impatiente, guettant dans tout ça la dernière, chaque fois remise, presque espérée...

C'est comme ça qu'au 14 juillet, à la nuit tombée, pas mal de gens de Paimpol reluquaient vers le nord, certains mêmes n'hésitant pas à s'aventurer sur quelque embarcation pour aller voir de plus près, car après tout, pour dispendieux que soit un feu d'artifice, autant aller voir celui des riches.

Encore deux jours à savoir tout ça sous son toit, de quoi faire péter la baraque, sans doute même le quartier, un vrai cas d'école pour les pompiers.

À entendre les premiers accords d'une musique qui venait depuis le salon, à voir les deux
sœurs faire signe à quelqu'un qui venait dans
son dos, Boris se leva comme à l'imminence
d'une nouvelle présentation.

À nouveau il devrait faire bonne figure, com-
biner les indices de la première impression,
s'appliquer à ce subtil enrobage qui fait que
d'emblée on vous trouve plaisant, globalement
bienvenu, à nouveau trouver les mots, affecter
cet air embarrassé, pas trop tout de même, histoire de ne pas paraître confus, distiller assez
de pertinence et d'humour pour détendre l'atmosphère… un prodigieux effort en somme. À
force il maîtrisait ce savant dosage qui va de
la timidité à la décontraction, de l'humilité à la
suffisance.

Le salut du père c'était la marque la moins
solennelle, la plus chaleureuse, celle d'un hom-

me passablement âgé, devenu serein à cause de cela, de ces patriarches acquis au vice de considérer toute chose sous le meilleur angle, et qui voit dans le moindre impromptu, la moindre visite, une raison supplémentaire de rendre grâce au hasard. D'autant que cet inconnu qui lui faisait face, cet homme qui avait eu la poignée de main franche et le regard stable, il avait déjà pris le parti de le tenir pour quelqu'un de bien.

Depuis la quadriphonie du salon, la soprano montait dans les octaves. En mélomane le père modulait d'une main, marquant des silences comme s'il guettait l'assentiment, une moindre remarque sur l'interprétation. Si Boris reconnaissait l'air, il n'aurait su dire de quel opéra, de ces lacunes qui disqualifient, qui mènent à éviter le sujet.

Mais le père voulait en parler. Pour lui ce disque relevait du rituel, celui de la fin de sieste, le rappel d'un soleil revenu derrière les persiennes, l'enthousiasme renouvelé d'un été toujours bien là, ce parfum de mer capté en plein élan, celui du vent qui le pousse, et ce geste couru d'avance de revisiter tout le ciel en y promenant son regard, tout ça lui revenait comme un mouvement de sympathie... Le père sortait de sa sieste comme on revient à la vie. Boris lui ayant cédé sa chaise, il découvrait cette fois la maison de face, ayant tout le loisir de l'envisager franchement. Sans se retourner, le père entreprit la description, sur le mode jamais blasé des éternels amoureux. Selon ses termes c'était un modèle de petit Trianon, une bâtisse de pierres de taille blanches, un calcaire transporté jusqu'ici, une folie de l'aïeul soi-disant, qui en ne sacrifiant pas à l'usage du granit rose de la région, avait voulu par là marquer une originalité, un esprit de résistance.

Depuis sa place, Boris découvrait le hall d'entrée, de beaux meubles à l'aise dans une lumière liquide, la parfaite disposition des divers ornements, l'ultime raffinement de ne conjuguer qu'un style, et par-delà les portes-fenêtres du fond le parc qui se prolongeait de l'autre côté, arrêté par rien. La musique venait du petit salon à gauche.

— La limpidité de l'harmonie, la douceur du soprano, rien de tel pour vous sortir de la sieste. La plupart des sopranos se sont usés sur ce passage-là. Que voulez-vous, la difficulté de cette œuvre est bien là ; de commencer par son apothéose. Et vous-même à Buzenval, vous étiez de la chorale ?

Boris répondit d'un petit rire qui se voulait affirmatif.

— Et vous n'en avez pas trop souffert ? Je veux dire de l'internat bien sûr, cette discipline, cette rigueur…

Comment ne pas en souffrir. L'internat se vit toujours comme une sujétion, une mise à l'écart, pourquoi ne pas le dire, un enfermement. Les messes du matin, les prières du soir, les repas médiocres, cette liberté constamment contrainte par les grilles du domaine, ces longs dortoirs réfrigérants, des chambres communes où les intimités se limitent aux seules consciences, ce fut bien ça le pire, une forme très atténuée de prison…

— Et la difficulté de ne pas voir vos parents…

— Oui ; aussi.

Boris s'en voulut de ne pas y avoir pensé lui-même.

— En ce qui concerne Philip, j'ai bien peur que ce fut une erreur de l'avoir laissé mijoter là-bas pendant toutes ces années, près de huit ans. Nous pensions que la discipline lui forgerait un caractère, qu'un peu d'internat contrebalancerait une trop grande complaisance, et au lieu de ça cet épisode n'aura fait que l'envenimer, le révolter davantage, j'ai bien peur qu'il y ait perdu tout sens du discernement, peut-être même un peu de sa raison… Enfin, cet épisode lui aura tout de même donné l'occasion de vous connaître, comme quoi, à chaque chose malheur est bon.

Boris reconnut là l'élégance, l'ultime raffinement de savoir conclure en offrant la part belle à l'interlocuteur, un genre de politesse impa-rable dont il faudrait trouver le diapason.

— Et vous-même, vous êtes déjà allé aux États-Unis ?

Encore le petit calcul de bien caler ses ré-ponses, mais déjà le père l'interrompait.

— Pourtant quel ennui que ce pays, ces rou-tes interminables, ces gens qui parlent trop vite, qui vous ennuient à propos de tout, et même pas une vraie terrasse de café pour se reposer, franchement quel cauchemar... Quant à la cam-pagne que voulez-vous, là-bas aussi elle existe, mais avec cette constante démesure qui fait qu'on s'y ennuie, les seuls endroits que j'aime aux États-Unis, ce sont ceux qui me font penser à la France...

Là-dessus les filles partirent d'un fou rire, un de ces fous rires irrépressibles dont on se sent très vite l'objet dès lors qu'on n'y participe pas. Le père tapota la cuisse de Boris, avouant que c'était là son plaisir, son vice en quelque sorte, que de raconter des histoires... En fait aux États-Unis il n'y avait jamais mis les pieds, non pas une aversion de principe, mais la peur de l'avion. De ce pays-là il ne connaissait rien d'autre que ce qu'il en avait vu dans les films... Et puis c'était un jeu dans la famille, une sorte de divertissement, que de s'inventer des anec-dotes, de fabuler au sujet de tout et n'importe quoi, et à fortiori en ce moment, puisque ce sont les vacances, vous ne trouvez pas ?

Ce genre de douces mystifications ressortissait pour eux au passe-temps, ils y consacraient une application d'artificier. Tout comme l'absence de Philip, après tout, il ne s'agissait peut-être que d'une blague là aussi, en fait il était déjà là depuis le début, il se planquait quelque part, dans une de ces pièces en haut, aux volets fermés, ou bien dans le salon en bas, à augmenter le son… Sans doute croyait-il bon d'y aller de sa petite farce lui aussi, de faire un bon coup à son vieux copain de chambrée, son allié de détention, et de le laisser mariner une bonne demi-heure dans cette situation passable, pour voir…

Du coup c'est Boris qui se sentit vaguement mal à l'aise, même s'il réalisait que ce climat de plaisanterie dont il faisait les frais, cet ascendant du père, avait désamorcé cette méfiance que Vanessa lui portait. À s'être moquée de lui de si bon cœur, d'une certaine façon elle s'en sentait plus proche.

— Et vous-même, vous étiez en fac de droit c'est bien ça ?

Sans attendre la réponse, déjà le père formulait un commentaire, précisant qu'en fait d'avocat, Philip n'était à ce jour rien d'autre qu'un étudiant parfaitement accompli, et qu'il devait en être à sa dixième année de stage, ou d'études, on ne savait plus trop.

— … Enfin, au moins il sera devenu parfaitement bilingue, ce qui au vu de ses aptitudes est déjà en soi une véritable performance.

Là il ne riait plus, comme si remontait en lui l'existentielle désillusion qu'inflige un fils dès lors qu'il réussit mal, ce sentiment d'injustice mêlé de reproches que l'on se fait à soi-même, cette indulgence aussi, car pour prodigue et indigne que peut l'être un fils, d'une façon ou d'une autre les parents cherchent toujours à le décharger un peu, quitte même à endosser une part des responsabilités. Indulgence d'autant plus manifeste que le fils en question n'était pas là pour l'entendre.

— C'est pour le Domaine que c'est dommage vous comprenez, il ne suffit pas d'être bilingue pour gérer plus de cent hectares de vignobles… Ni même pour être avocat me direz-vous. Sinon et vous-même, que faites-vous ?

Boris répondit gravement qu'il vivait de larcins et d'expédients, pas mal aussi de l'air du temps, éventuellement quelques combines qu'il dégotait çà et là, mais le gros de son activité restait quand même le trafic de stupéfiants… Parmi l'audience devenue perplexe, c'est le père qui le premier eut le réflexe de rire, saluant là l'esprit de son hôte, en concluant qu'ils étaient faits pour s'entendre.

Un point.

Mentalement Boris affichait un point.

Les deux sœurs étaient rentrées se changer.

Elles ne ressortirent qu'au moment des grands cris qui venaient de la piscine. De là elles virent le père qui frappait l'eau de grandes claques urgentes, comme s'il cherchait à prendre appui sur la surface, les pieds coincés dans les alvéoles du fauteuil d'eau. Comme un squale, Boris sillonnait juste en dessous de lui, une ombre ondulée par les plissures de l'eau… Vanessa courut en hurlant que le père se noyait, et c'est pile au moment où elle s'apprêta à plonger que Boris réapparut avec le vieux sur l'épaule, le vieux qui gobait l'air comme un thon qu'on remonte, suffoquant jusqu'à la cyanose, le vieux qui riait déjà en jurant que tout allait bien, que ça n'était rien, rien d'autre qu'une blague qu'il s'était faite à lui-même, malencontreuse celle-là, lui qui s'était juré de ne plus jamais remonter sur ces fauteuils idiots, qu'il n'avait plus l'âge, mais bon, l'enthousiasme de ce Boris l'avait incité à se baigner…

D'avoir senti cet homme tressaillir entre ses mains, de l'avoir porté à bout de bras, Boris avait repensé aux nuits passées à calmer l'autre, pas franchement par humanité, plutôt pour avoir la paix, pouvoir dormir un peu, surtout que dans les premiers temps Philip chialait tout le temps. D'abord il avait été rude avec lui, presque brutal, puis très vite il avait changé d'attitude, par pitié plus que par compassion. C'est comme ça, les baraqués ont toujours besoin d'avaliser les plus vulnérables, une mainmise où le protégé gagne en protection ce que l'autre assied de son pouvoir, un genre d'emprise qui confine à la filiation dans le meilleur des cas, au pire à la domination.

Une fois remis de ces émotions, Boris et le père trinquèrent en choquant fort les verres, ils engloutirent deux Martini orange, et déjà le père proposait de goûter au Martini tonic, avec du citron, et un peu de gin cette fois. Par jeu,

Boris observait le père, sentant bien qu'il le devinait complètement. Le rictus d'apparat, la constance souveraine, c'était ce genre d'hommes aussi peu conventionnels que parfaitement distingués, portant sur le monde une désillusion proche de l'amusement, un détachement né de cette relativité que revêtent toutes choses dès lors qu'on les regarde de la hauteur de l'âge. Son maintien dénonçait les attributs des vraies distinctions, le menton culminant, la nuque rigide, et ce regard, un regard droit, sans obstacle, le regard de ceux qui ont passé leur vie à regarder loin, loin au fond de leur parc ou de leurs certitudes, loin jusqu'aux confins de leurs ascendances ou de leur environnement, des gens qui embrassent naturellement des pans entiers de décor avec la certitude d'être chez eux — cette gratitude que revêt le paysage dès lors qu'il est encerclé par ses propres piquets —, des gens dont l'horizon se confond avec les limites de leur propre territoire, des gens *à l'aise* comme on dit, des gens détestables à cause de ça, cette prédominance de savoir le monde à soi, à quelques hectares près, cette arrogance aussi de ne même pas condescendre à être précis...

Le simple fait d'être là, le simple fait d'être posé à l'aise dans ce décor, c'était se l'arroger un peu. Un simple effort d'imagination et elle était à lui cette piscine. S'y baigner à volonté, c'était déjà le gage d'une progression, une appropriation parfaitement naturelle, alors qu'il y a une heure, ça aurait relevé de l'effraction.

C'est là que l'expression s'avère, cette disposition maintes fois pêchée, « faites comme chez vous », une instruction à ne jamais prendre au premier degré. Le père lui avait dit déjà, au sujet des boissons, l'invitant à se resservir, je vous en prie faites comme chez vous.

À bien regarder il ne l'imaginait pas comme ça la villa. En général on se représente les choses plus avantageuses qu'elles ne le sont vraiment, d'une part parce qu'on vous les raconte toujours en enjolivant, et qu'en plus l'imagination ajoute à cela son travail. Mais pour une fois c'était le contraire. Pour se l'être mille fois représentée il la voyait moins grande. Tout comme il ne soupçonnait pas ces marches qui venaient depuis le perron et qui se prolongeaient jusqu'au fond du bassin, pas plus qu'il n'avait imaginé cette mosaïque qu'on voyait floue depuis le bord, un dégradé de bleus qui ondulait sur un motif imprévisible, la surface arasée sur le mode du débordement qui prolongeait la perspective, si bien qu'une fois dans l'eau, la piscine se confondait à l'horizon, la mer n'était qu'un prolongement…

Sur plus de cent quatre-vingts degrés, la pelouse était délimitée par la falaise, suite à quoi le panorama s'ouvrait grand sur la baie. Glissant sur la mer calme, la dernière navette du jour avançait vers l'île. Son retour serait le dernier trajet vers le continent. La main en visière, le père essayait de voir si Philip était à bord, croyant bien le reconnaître dans cette longue silhouette qui se tenait debout sur le pont avant. Boris ne broncha pas, ne leva même pas le regard.

Ah non.

Ce n'est pas lui.

Dommage.

La question du dîner ne se posa même pas. Du moins il y fut vite répondu. La mère goûtait la présence de cet ami de Philip comme les prémices de l'arrivée de son fils, une confondante anticipation qui la comblait d'avance. Ce garçon-là symbolisait l'imminence des retrouvailles, le retour du fils prodigue, d'autant qu'elle comptait bien en profiter pour le faire parler un peu, éclaircir ces fragments de mystères qui subsistaient à son propos, ces absences et ces phases troubles qui jalonnaient son parcours.

Il ressentit comme une gêne de la savoir si vite acquise, d'emblée elle lui avait fait la bise, et lui avait longuement parlé en lui tenant le bras. Dans ce chemin que font les êtres l'un vers l'autre, il n'avait pas l'habitude d'être devancé. L'ultime exotisme venait de la configuration familiale, ce schéma des êtres où ils sont plus dociles que jamais, plus vulnérables aussi, plus prenables.

Deux parasols de toile crème avaient été tendus au-dessus de la terrasse. La table était mise, couverte d'une grande nappe blanche, mais pour impeccable qu'elle fût ce n'était pas la vaisselle d'apparat, d'ailleurs le père s'en excusa, coupable de déroger aux honneurs dus à tout invité de marque. Boris lui tapota affectueusement le dos de la main, et but d'un trait l'apéritif qu'il venait de resservir.

Les vêtements ne servaient plus qu'à onduler sur les peaux tièdes. À tous venait le geste de se pincer un pan de la chemise pour s'éventer, capter le moindre souffle d'air. André-Pierre n'avait pas de ces sensations-là. André-Pierre était à table pour dîner. André-Pierre avait son col de chemise fermé, parce qu'il y avait un bouton pour cela.

Tout à l'heure, il avait serré la main de cet étranger avec la même distance, la même désapprobation qu'il le ferait demain avec son propre beau-frère, et ce d'autant plus que ce Boris, en plus d'être un ami de Philip, jouait de cette insolence, de cette arrogance désinvolte qui émane de toute chemise blanche dès lors qu'elle s'entrouvre sur un torse bronzé, de ces torses inconvenants de reliefs, qui ne craignent pas de se montrer. Pour beaucoup ce ne devrait être qu'un détail. André-Pierre, lui, ne voyait que ça, ce poitrail offert et l'indécence de l'afficher, comme s'il y avait une fierté à arborer un corps. Pour sa part il n'aimait pas les bords de mer à cause de ça, pas plus qu'il n'aimait le soleil, d'ailleurs il ne descendait jamais à la plage, ne se baignait pas, ne serait-ce que pour ne pas être confronté à ce genre d'impudeurs bronzées... Et voilà qu'on lui en fourrait un sous le nez de ces spécimens, voilà qu'on lui balançait à table un de ces balnéaires à la pose désinvolte, en plus on l'avait même assis en face de lui, un intrus d'autant plus irritant qu'il jouissait ce soir du prestige de la nouveauté, sous l'effet d'une excessive attention tous riaient à ses moindres propos, attentifs à ses moindres désirs, déjà il les distrayait tous.

Il ne lui avait pas échappé combien ce soir Vanessa avait mis un temps fou pour se préparer. Elle s'était même maquillée comme s'il était question de sortir. Quant à Julie n'en parlons pas. Elle avait ajouté à cette manie de s'habiller court, une façon de marcher, une équivoque langueur qui en plus de ne rien cacher de ses jambes, laissait largement supposer tout ce qu'on n'en voyait pas. André-Pierre — qui connaissait bien les deux sœurs, et cet humour douteux qui animait par moments sa belle famille, ce sens scabreux de la blague —, en vint à se dire qu'elles s'étaient lancé le pari de savoir laquelle serait la plus séduisante ce soir, une sorte de jeu avec lequel elles renouaient par tempérament.

Lui revenaient tous ces efforts qu'il ne faisait plus, cette négligence qu'il accordait aussi bien à sa femme qu'à sa belle-sœur, ne cherchant même plus à les distraire, à les détourner d'un improbable ennui, d'autant qu'il considérait comme hautement improbable qu'une mère de jumeaux de trois ans ait de quoi s'ennuyer. Depuis deux semaines qu'ils étaient là, il n'avait jamais daigné sortir le bateau, et comme le père n'avait plus l'âge de manœuvrer, le voilier restait au port, même plus au mouillage mais carrément à l'anneau. Quant au Riva il ne sortait plus du garage, excluant définitivement toute perspective de virée en mer ou de ski nautique. Si bien que cette mer qu'ils avaient là sous le nez, cette mer qui, il y a encore quelques années, s'offrait comme un terrain de jeu permanent, un espace de conquêtes à sillonner en tous sens, ne se résumait plus aujourd'hui qu'à un support de contemplation distraite, ce plaisir qu'on retire à l'envisager depuis le bord, l'évocation des anciennes croisières... Pour toute distraction il ne leur restait plus que la piscine. Il y avait bien la plage en contrebas, juste en dessous, mais au désagrément de la promiscuité s'ajoutait la passable sensation de faire comme tout le monde. Enjamber des corps pour pouvoir accéder aux vagues, sacrifier sa pudeur dans une communion de corps gras, vaguement lire dans cette ambiance de temps qui passe, voilà pourquoi les filles n'y allaient plus, sinon à la fraîche, une fois les corps déblayés et les parasols rentrés. Gamines, elles y passaient toutes leurs vacances sur cette plage-là. Des étés entiers à nager dans les algues et à tamiser le sable, et puisque dans les premiers temps il n'y avait ici ni piscine ni bateau, puisqu'à l'époque l'argent ne servait qu'à des choses raisonnables, la plage était bien la seule distraction.

Au milieu du repas Boris songea rouler un stick d'herbe à table, mine de rien. Sans doute les filles ne dédaigneraient pas de fumer, l'autre pomme par contre s'en étranglerait. Les parents sûrement seraient perplexes. Il tapota discrètement le sachet sur la cuisse de Julie, presque paniquée elle lui fit les gros yeux ; plus tard pourquoi pas, quand ils seraient tous les trois.

Par moments Boris fixait Vanessa, fasciné par l'équilibre du tableau. Assise, un enfant de chaque côté, elle leur passait la main dans les cheveux, d'un geste rond et soyeux comme on se les rêve à soi. André-Pierre avait noté cela, il guettait entre eux la moindre connivence, le moindre regard, voir s'ils se connaissaient déjà, et qu'ils s'appliquaient à n'en rien montrer… Encore une de ces appréhensions idiotes, cette manie de s'en faire à propos de tout, un quart de Lexomil et ça passerait… Il avait là devant lui ses enfants pour le rassurer, ses enfants à elle tout autant qu'à lui, même si cette idée l'abordait parfois avec incrédulité.

Il n'aimait pas ce type, ça relevait du parti pris, il en était même à éprouver de la nostalgie pour ces repas d'hier, ces moments bénis où l'on n'était qu'entre soi, où personne ne parlait vraiment, où l'obligation de se dire quelque chose laissait la place à un silence absolument familier. Hier encore l'harmonie du dîner était bercée de bruits de plats, d'assertions goûteuses, quelques vagues futilités au sujet des gosses, alors que ce soir, la table était curieusement animée, bruyante comme pour un banquet, la seule présence d'un nouveau convive avait suffi pour infecter l'atmosphère paisible qui régnait avant, d'autant qu'il faisait chaud comme jamais, à croire que tout concourait à rester dehors, à traîner à table. Le père avait retrouvé le fil de ses histoires, les filles y ajoutaient leurs propres anecdotes, toutes déterminantes, la mère n'arrêtait pas de sourire, même les gosses semblaient contaminés par ce spectacle de gens qui se parlent. À moins que cela ne tienne à cette application qu'avait ce Boris de resservir tout le monde, empoignant la bouteille de vin comme si c'était la sienne, poussant chacun à finir son verre avant de le remplir à nouveau, sans aucune classe, pas trop de politesse, mais un soupçon d'autorité.

Pour André-Pierre, le plus insupportable c'était bien ça : cette façon acquise qu'il avait de s'adresser à tout le monde, et d'appeler spontanément les beaux-parents « beau-papa » et « belle-maman », alors que lui, même après plus de huit ans de mariage avec leur fille, n'y arrivait toujours pas. Cette manie aussi de montrer ses dents, ce sourire constant, irritant comme un reflet. D'autant qu'il n'arrêtait pas de s'en servir de ses dents, ne serait-ce que pour sourire à Vanessa, à propos de tout et de n'importe quoi. Quand bien même elle ne faisait que lui tendre son verre, il lui souriait. Parfois même il la faisait carrément rire, rien qu'en lui disant merci il la faisait rire.

Cette ambiance de politesses systématiques, ces sympathies excessives, à force tout cela le remua aussi profondément qu'une indigestion. Il en voulait même à ses gosses de rire à ses mimiques idiotes, parce qu'à eux aussi il leur parlait, à croire qu'eux aussi il avait en tête de les amadouer, de les conquérir un peu. D'ailleurs ils étaient à ce point enthousiastes qu'on ne les tenait plus. Leurs petits rires survolaient l'ambiance d'une hystérie de plus, un rideau de bruit supplémentaire qui couvrait toute conversation. A un moment Boris glissa sa main sous une serviette, improvisant une marionnette qui leur soulevait des cris de joie mêlés d'effroi, parfaitement insupportables... Et alors que de toute évidence ils faisaient un boucan du diable, alors qu'ils renversaient verre sur verre et n'avaient pas touché à leur dessert, personne ne les reprenait, pas le moindre reproche. C'est André-Pierre qui cassa net l'ambiance en les visant d'un « ça suffit » ravageur, un ordre tellement rude que Boris le prit aussi pour lui, pas trop surpris que l'autre sorte finalement de ses gonds.

Les deux petites bouilles restèrent figées sur cette moue terrorisée, un « O » incrédule et près de flancher, les deux gosses qui sondaient le regard des autres, savoir s'il fallait rire ou chialer.

Le père, la mère, les sœurs, tout le monde y alla de sa petite réprobation, certifiant qu'ils ne faisaient pas de mal, après tout on était en vacances. Le grand-père poussa même l'impertinence jusqu'à tenter lui-même le coup de la marionnette avec sa propre serviette... Là-dessus André-Pierre se leva et sortit de table en se bricolant un air irréductible. Allez va, reste là, lui lança Boris, comme on le ferait à une effarouchée.

Il en trébucha.

Déjà il le tutoyait.

À cette heure-là du soir la mer ondule dans le feutre, les vagues fondent sans élan sur la grève, certaines pétillent jusqu'aux galets, lissant plus haut le sable, rinçant la côte de ces huiles et ces graisses qui s'y déposent à longueur de journée, purgeant le souvenir de ces corps suintants de crèmes solaires et de suées. Une nuit pour s'en remettre, reprendre sans fin le polissage et restituer l'aube dans sa rosée d'étincelles, l'Éden à nouveau.

Une fois la dernière navette partie, l'île faisait la grâce de sa paix aux seuls insulaires. Ils étaient peu nombreux à y vivre vraiment, peu d'élus à y dormir, d'autant qu'il n'y avait qu'un hôtel, plus de camping.

En plus de la désertion nocturne on se devait d'occulter toute lumière, surtout du côté du large, d'éviter toute source lumineuse à l'extérieur. Ici, à la nuit tombée il n'y avait pas le moindre lampadaire le long des routes, pas la moindre ampoule au-dehors, les maisons s'éclairaient le moins possible, on fermait rigoureusement les volets, tout ça pour ne pas nuire à la navigation, fausser la trajectoire des bateaux qui aux abords de l'île devinaient le chenal, entre hauts fonds et récifs. Au-devant de cette mer indéchiffrable, perdue dans l'ombre, la terre elle-même était profonde, le moindre pas heurté par l'idée de se perdre, de s'abîmer dans le noir. Ici la nuit était aussi abrupte que les falaises, seule la lune soulignait parfois les reliefs, mais ce soir il n'y en avait pas.

— ... Et si on faisait une petite balade.

D'abord ce qui les surprit, c'est qu'on puisse considérer qu'il n'y ait pas à la villa tout ce qu'il faut pour passer la soirée. Dans la lueur des bougies les deux sœurs se consultèrent du regard, avant d'interroger le père qui lui-même hésitait. Finalement, assez peu résolus à se coucher, ils glissèrent tous de la perplexité à l'enthousiasme, se renvoyant la petite phrase, de plus en plus décidée ; après tout pourquoi pas.

— À moins que vous ayez peur du noir...

C'est lui qui les mettait en garde. C'est lui qui leur parlait comme s'il connaissait l'île, qu'il en mesurait tous les périls et en savait la trame.

Bon, très bien, juste le temps de ranger un peu. À un moment il songea aux maillots de bain, au cas où l'eau ne serait pas froide, finalement il n'en dit rien, ce serait plus cocasse d'improviser.

Depuis sa chambre André-Pierre décela bien ces préparatifs, il ressentait comme une lâcheté de ne pas les rejoindre, de ne pas y aller, mais finalement le Lexomil atténuait ça, dans sa chambre il était bien, un bon livre et des draps frais. À mesure qu'ils s'éloignèrent le bruit de la mer s'équilibrait avec les voix, puis les voix disparurent, seule la mer resta.

— Parfois, en marchant comme ça, l'air me revient aussi distinctement que si je l'écoutais vraiment… *Chaste déesse qui argente les feuillages antiques, tourne vers nous ta face sans nuage…* quelle est la suite déjà ?

Boris ne voyait pas. Il suivait distraitement le monologue du père, absorbé par les deux taches blanches qui avançaient devant eux, devant lui. Dès qu'elles prenaient de l'avance les deux silhouettes ne faisaient plus qu'une, une forme blanche qui ondulait magiquement dans la nuit. De temps en temps elles s'arrêtaient pour les laisser revenir, désignant la lueur d'un cargo, un phare là-bas, une étoile filante, puis à bonne distance elles repartaient.

Trop heureux de renouer avec la balade d'après repas, le père n'en finissait plus de parler, ne doutant pas de l'attention de son hôte, lui tenant le bras par moments, chahuté par les aspérités de ce chemin à pic, perdant son regard vers les étoiles.

— … Que la chaste déesse ne soit pas là ce soir, qu'elle nous refuse ne serait-ce qu'un cil, c'est assez troublant, vous ne trouvez pas ?

Boris acquiesça dubitatif, fasciné par cette mer en bas, bouillonnant sans qu'on la voie.

— L'insolence des astres, tout ça parce qu'ils savent qu'ils nous survivront… Pour en revenir à *Norma* il paraît que vous la montiez tous les ans pour la fête de charité…

— Oui. Tous les ans.

— Quel dommage que je n'aie jamais vu ça. Que voulez-vous, à l'époque je me contentais d'envoyer un chèque tous les trimestres, et vu les sommes, je ne doutais pas de lui prodiguer la meilleure éducation qui soit. Je suis sûr que vos parents se seront fait la même illusion… Au fait, il y a dans vos aïeux des exilés de 1917, c'est bien ça…

Boris était toujours heurté par les questions personnelles, il prenait un temps fou avant d'y répondre, absolument pas habitué de rentrer dans la confidence, sinon pour faire diversion, parsemer des indices, orienter les postulats… Devant eux les deux sœurs avaient pris de l'avance. Après le dîner, Boris avait noté l'avidité avec laquelle elles tiraient sur le stick d'herbe, dans un sourire aussi vorace que troublé, la trouvant trop forte mais aspirant de plein gré. Depuis, mine de rien, il les regardait faire, il guettait l'évolution. Elles se tenaient par la taille, en toute connivence elles se parlaient à mi-voix, des rires fusaient parfois. Sans doute elles avaient dû parler de lui, mais on ne doit rien craindre des impressions que l'on fait, toujours les instiguer. Si ça se trouve elles lui étaient déjà reconnaissantes, après tout c'était grâce à lui que cette balade était redevenue possible, que la nuit servait à autre chose qu'à récupérer de la journée. Ce tour de l'île voilà longtemps qu'elles ne le faisaient plus, à cause du noir ambiant, de ces mouvements de marées qui remodèlent le rivage, une algèbre obscure de coefficients qui recouvre les passages où on a pied, une somme de périls que le père leur rabâchait depuis toujours, excessivement alarmiste pour les décourager de partir seules, d'autant qu'il ne s'estimait plus un rempart assez solide pour les protéger. Quant à se balader seules, elles ne s'y risquaient pas, ne serait-ce que par crainte d'inquiéter les autres.

— Mais alors, pourquoi vous avoir choisi un prénom russe ?

— Une autre histoire sans doute…

—Je vois… C'est étrange de vous avoir mis dans une institution catholique. Mais dites-moi, pour revenir au pensionnat, il paraît qu'une année Philip avait lui-même tenu le rôle titre, du moins c'est ce qu'il m'avait dit, tout cela est vrai, n'est-ce pas ?

— Sûr que c'est vrai…

— Mais pourquoi lui dans ce rôle ?

— Parce qu'il n'y avait pas de fille. Mais il était parfait, croyez-moi… Vous l'imaginez dans ce passage calme et long, avec nous tous qui roucoulions le refrain, comme tout à l'heure, tout en liqueur, magnifique, vous ne pouvez pas savoir… Et puis il avait une voix si aiguë à l'époque, et une façon de bouger sur scène, de parodier les majeurs, on s'y serait cru. Ce jour-là, je vous jure que c'était lui la vedette, d'ailleurs on pensait bien qu'il ferait une carrière…

Les sœurs s'étaient éloignées au point qu'ils ne les voyaient plus. Le père, encore sous le coup de l'émotion, rendu muet depuis un temps, serra plus fort le bras de Boris, comme s'il lui exprimait là sa reconnaissance, comme s'il venait de ressentir une rare satisfaction au sujet de son fils, la première depuis longtemps… Pour une fois, on lui en parlait en bien, avec en prime ce sournois amour, cette sourde admiration que se portent deux amis de toujours, deux hommes maintenant. Sentant cela, sentant le père à ce point attendri par la vision de son fils sur scène, Boris continua de jouer sur la fibre.

— … Et vous voyez quand tout se fait doux, dans le passage où les violons vont et viennent, de plus en plus lentement, comme la mer disiez-vous, c'est un peu ça, comme la mer, une mer qui se calme, puis qui s'arrête… Eh bien c'est à ce moment-là qu'il se relançait, il tenait sa note le plus longtemps possible, comme par orgueil, comme pour nous dominer tous… On l'aimait bien, vous savez ; je vous jure que c'est vrai, on l'aimait tous vraiment…

Le père fut troublé de sentir des trémolos dans la voix de ce gaillard, teintés de prémonitions…

La robe blanche de Julie réapparut là-bas, à l'extrême bout de la terre. Au large, la signalisation des bateaux traçait une parfaite constellation, la même qu'en haut, aussi limpide et contrastée, comme si ce soir les étoiles n'étaient pas autre chose que des bateaux, et qu'elles naviguaient aussi à l'aise en bas qu'en haut.

Au moment de les rejoindre, le père fit un petit commentaire au sujet de leur rayonnement ce soir, il y avait longtemps qu'il ne les avait pas vues aussi radieuses et gaies. Il avait beau essayer de parler d'autre chose, paraître le plus détaché possible, il n'empêche qu'un remords le hantait, le fantôme de ces souvenirs qu'il n'avait pas de son fils, le remords de ne l'avoir jamais connu dans des dispositions aussi flatteuses, de n'avoir jamais eu l'occasion d'en être fier. Philip dans la *Norma*, c'était à ce jour la plus glorieuse image qu'il avait de lui, et il fallait que ce soit un parfait inconnu qui la lui révèle.

Ils étaient à la pointe nord de l'île maintenant, cette ultime percée de terre qui vient éperonner la mer. Les rochers en contrebas se confondaient au tumulte, brassés dans les gros bouillons d'une lave. La lumière du phare claquait là-dessus ses séquences de fouet. De toute part émanait cette tension, cette vague attraction qu'on éprouve parfois pour le désespoir. La mer était d'un noir plus verni que la nuit, une mer laquée, insalubre et tentante. Boris, qui n'avait pas l'habitude de cette zone-là, qui ne connaissait rien de ses dangers, ne la redoutait pas.

Plus qu'un nouveau décor, c'est tout un univers qu'il explorait là, le panorama de la famille complète, un univers où personne ne s'inquiète vraiment de ce qu'il y ait un lendemain, ni de ce que l'on y fera, un univers dont il se savait exclu, jusqu'à l'envie, jusqu'à la colère, jusqu'à la dérisoire certitude de se savoir fait pour ça... Il avança vers l'eau en dégrafant son ceinturon, et lança aux autres comme dans un défi, alors vous venez ?

— Voyons, vous n'y pensez pas...

Le père s'affola de voir ses filles lui emboîter le pas, assurant que l'endroit était mal choisi, que c'était là la pointe la plus agitée, il y mettait les intonations dramatiques, il argua aussi des courants, de ce vent qui en quelques minutes peut se lever... Pourtant il les entendait rire, de plus en plus loin, sans les voir. Vaincu, il se dit à quoi bon, et s'aventura en maugréant sur le chemin du retour, un sentier qu'il avait pour lui de connaître par cœur.

Dans une nuit profonde de toutes parts, ils trempèrent d'abord un pied, saisis tout de même par la brutalité du contraste, sachant qu'il faudrait se faire violence pour s'habituer. Ils s'initiaient à cette nuit qui peu à peu leur arrivait jusqu'aux genoux, qui leur remontait le long des cuisses, leur passait entre les jambes, puis sur le ventre, qui les choqua au moment de la poitrine... C'est à ce moment-là que la main de Julie trouva celle de Boris, de là ce cran supplémentaire pour se mouiller complètement. De l'autre main elle pêcha ce moment d'amertume au bras de Vanessa, histoire de ne pas la laisser seule, de ne l'exclure en rien.

C'est Boris qui émit l'idée de rattraper le Gulf Stream, à cent mètres de là, deux cents pourquoi pas. En vertu du principe que c'était impossible elles se mirent à le suivre, comme si le jeu se substituait enfin à l'ennui. Elles retrouvaient un peu de cette appréhension aussi, cet abandon qu'il y a à être déraisonnable, cette sensation de devoir s'en remettre à quelqu'un sans être vraiment sûr, sans vraie confiance, sachant que justement, c'est de là que vient toute la saveur... Boris nageait devant elles, de plus en plus vite, comme pour les perdre. Déjà il n'était plus qu'une fine luisance, un sillage qui n'en finissait plus de filer.

En se retournant, Julie ne vit pas plus de repère qu'elle n'en voyait en face, ni n'en décelait au fond, rien de tangible hors des étoiles, et Vanessa juste là. Elle ravala sa salive en même temps qu'un peu de mer, puis s'accola à sa sœur, soudain rageuse contre cet homme qu'elle cherchait tout de même à suivre, cet homme qu'elle était prête maintenant à maudire autant qu'elle voulait le rejoindre, cet homme qu'il lui faudrait pourtant atteindre, car dans le fond il y avait bien plus à craindre à faire demi-tour, qu'à le rattraper.

Lui à l'avant s'entêtait, comme s'il goûtait là une vengeance, comme s'il filait une intime satisfaction, voir jusqu'où elles iraient. Déjà il lui suffisait de s'enfoncer dans une mer plombée de noir pour qu'on le suive, déjà on lui accordait cette confiance. De telles dispositions, on ne se lasse pas de les goûter.

Et puis il y avait cette manie de s'offrir au danger, ce besoin d'ouvrir les fenêtres sous l'orage, de toujours pousser toute chose à bout, les êtres comme les situations, les motos comme les idées, les erreurs aussi, rien que pour voir. Pourtant il s'arrêta. Dans le silence du clapotis il les laissa venir, tapi dans cette nuit sans fond. D'avance il goûtait l'impudeur de ces deux corps nus qui glissaient jusqu'à lui.

La côte de granit rose a ceci de pathétique, c'est cette application de la roche à imparfaitement s'éroder, apparaître par endroits avec cet aspect déchiqueté d'après les accidents, comme si chacune des vagues qui venait se briser là était victime d'un choc, comme s'il s'agissait chaque fois d'un accrochage… À moins que ce ne soit la roche elle-même qui souffre, la roche inutilement endolorie, et ce depuis toujours, jusqu'à ce qu'elle cède, jusqu'à ce qu'un jour, l'île totalement vaincue ne se dissolve enfin.

Dès lors qu'il n'y a plus de soleil, dès lors que le vent tourne et qu'il devient mauvais, les parages prennent les allures d'un maelström rageur, un magma brouillon qui fulmine jusqu'au ciel. La zone devient folle, soulevant des empoignades de vagues dévergondées, des vagues résignées à se saborder en fin de course, non sans se venger. Les marins se méfient de ces abords comme d'un dédale parsemé de chausse-trappes.

Quand la mer se retire, les écueils se dressent dans la nuit, la baie s'évide comme sous l'effet d'une purge, suçant dans sa débâcle des courants plus vifs que des torrents de montagne. Puis aussitôt la mer rebascule, aspirée par l'espace elle galope dans l'autre sens, recouvrant des pans entiers de littoral les jours de grand élan, engouffrant les ports en plus des bateaux, délayant les retardataires, et s'en retournant de plus belle après ça, traînant toutes ses trouvailles pour les perdre vers le large, un tribut à ces loisirs qu'elle concède.

C'est pour ça que beaucoup de rochers ici portent une croix, que les fonds sont hantés du naufrage des autres.

Le gendarme se tenait à l'avant. La vedette était déserte ce matin, rendue moins poussive à cause de cela. D'une part il était trop tôt pour qu'il y ait déjà du monde, et d'autre part, vu le temps les esprits étaient bien plus à la grasse matinée qu'à la baignade. De la tempête de cette nuit il ne restait que des lambeaux dans le ciel lessivé, des résidus de nuages froids qui d'ici peu ne résisteraient pas. L'orage s'était amorcé tard dans la nuit, vers les deux heures du matin, et s'était égoutté jusqu'à l'aube. Au loin roulaient encore quelques vieux coups de tonnerre, des bruits sourds de débâcle, comme une fête qu'on démonte. À l'approcher, à naviguer comme ça vers elle, l'île semblait parfaitement déserte aujourd'hui, éreintée par sa nuit.

Le gendarme répondait distraitement au capitaine. Celui-ci pourtant le questionnait sans cesse, répétant chaque phrase pour surmonter le bruit. Il cherchait à savoir, au sujet du corps retrouvé ce matin, car plus il en saurait, et plus il pourrait en révéler aux autres, au moment où tout le monde se mettrait à en parler.

Sans pour autant jouer les sphinx le gendarme se gardait bien de répondre, ce genre d'histoires dans le fond, ce n'était pour lui que la routine. Dans ce mélange de bateaux, de criques et d'estivants, pour peu qu'il y ait de l'orage en plus d'une forte marée, c'était tous les ans la même chose, chaque fois la mer prélevait son lot ; sauf qu'en général on signalait la disparition avant de retrouver le corps.

— À croire que de celui-là on s'en foutait pas mal…

À près de dix heures la maison sommeillait encore. Dehors c'était le règne d'une atonie totale, à croire que cette chaleur d'hier n'avait jamais existé, un souvenir déjà lointain. La bruine vaporisait la côte d'un pessimisme total, à beaucoup venait l'idée de se dire que tout était fini, que le soleil ne reviendrait plus et qu'indéfiniment la mer resterait là, boudeuse, les vacances en ruines, définitivement balayées. On regrettait même tout ce vacarme qu'il y avait hier sur la plage, ces cris et cette faune somme toute corollaire du beau temps.

— Ne vous inquiétez pas, ça change vite ici… Vous allez voir, à midi il fera tellement chaud qu'on n'y tiendra plus.

Le père était levé depuis longtemps. C'est lui qui accueillit Boris à la cuisine, qui lui mit son café à réchauffer au micro-ondes, lui montra pour le grille-pain.

— J'espère que vous ne m'en voulez pas de vous avoir lâchement abandonné hier, mais j'ai préféré rentrer. Les bains de minuit ne sont plus de mon âge, vous savez, déjà que la mer me chahute en plein jour… Et puis, comme j'ai vu qu'entre vous tout allait bien.

C'est le grille-pain qui ponctua ce silence.

— Votre pain est prêt. Pourtant je vous prie de croire qu'en mon temps je n'étais pas le dernier pour les bains de minuit, parfois il m'arrivait même de pousser jusqu'aux îlots, tout au nord, une façon de tenter le diable… Au fait, je n'ai pas vu Julie ce matin, et vous ?

Boris sentit fondre sur lui cette question comme un flot d'arrière-pensées, il était inévitable qu'on la lui poserait.

— En général elle est toujours réveillée avant tout le monde, et ce matin quand j'ai frappé à sa chambre je n'ai pas eu de réponse. Je n'ai pas insisté... Je crois que votre café est chaud.

Boris se brûla si fort en sortant son café du micro-ondes qu'il en lâcha la tasse, en voulant instantanément au père de ne l'avoir pas prévenu.

— C'est de ma faute, j'aurais dû vous prévenir, que voulez-vous ces engins-là sont pour moi tout aussi énigmatiques que toutes ces questions qui resteront à jamais sans réponse... Vingt secondes pour faire bouillir un bol de café ; un vrai mystère. Vous je ne sais pas, mais à moi cela m'échappe complètement. Tout comme les accélérateurs de particules ou la cartographie du génome humain, vous concevez cela vous ?

Au réveil, Boris n'avait pas envie de soutenir la moindre conversation. En plus de l'humeur du matin il y avait maintenant cette brûlure qui l'élançait au bout des doigts. Faute de mieux il soufflait dessus, tenant sa main droite dans sa main gauche, comme celle d'un autre.

— En général les gens de mon âge savent toujours tout un tas de trucs pour endiguer les brûlures : les glaçons ou le beurre, pourquoi pas les incantations... À part le numéro de téléphone du médecin je ne connais rien d'autre. Nous avons un ami médecin à l'autre bout de l'île.

L'espace d'un instant, Boris eut l'impression que le père avait fait exprès de régler le micro-ondes à fond. La passable humeur du matin.

Qu'on frappe à la fenêtre de la cuisine rajouta à la confusion. C'était le gendarme qui les cherchait du regard, s'en voulant presque d'avoir tapé si fort. Le père lui signifia qu'il sortait le rejoindre, et s'excusa auprès de son hôte — … Surtout, faites comme chez vous.

Il y a toujours une gêne à se retrouver seul dans la maison des autres, un vague embarras. Boris n'avait jamais souffert de ce trouble, au contraire, il éprouvait même un certain plaisir à ouvrir un placard inconnu, à y découvrir une configuration particulière, voir un peu au-delà de la zone permise. Au travers des carreaux mouillés on voyait le père, toujours en robe de chambre, attentif à tout ce que lui disait l'autre, un gendarme apparemment déférent, sans doute même respectueux face au vieil homme, tenant son képi sous son bras. Le père ne semblait pas trop lui répondre, visiblement perplexe, à un moment il signa même un document que l'autre lui tendit, il le signa dans un mouvement de mauvaise humeur, après quoi il le regarda longuement repartir vers le portail.

Toujours en pantoufles, le père marcha jusqu'au bout du parc, au bord de la falaise, là d'où on domine la baie entière. Sur cent quatre-vingts degrés il inspecta la zone, songeur, peut-être même un peu sévère. C'est là que Boris, toujours comme chez lui, se prépara un deuxième bol de café, rechargea le grille-pain et régla mieux le micro-ondes. Le temps que tout ça chauffe il envisageait cette cuisine, la piscine qui ondoyait juste là, il passait tout en revue, s'appliquant à l'effort minime de s'imaginer chez lui. Dans le fond c'est un pur forfait que d'être chez les autres et de s'imaginer chez soi, c'est discret comme infraction, peu décelable, assez satisfaisant selon le cas, pour peu de s'en tenir à ça.

C'est le moment précis où elle émergeait, péniblement, avec douleur même, un mal fou à s'en remettre. Ce matin elle éprouvait une véritable difficulté à se lever, une sorte de refus, le corps endolori et cependant soulagé, à croire qu'elle avait souffert, ou qu'elle était allée trop loin cette nuit, une profondeur due tout à la fois à l'environnement de l'eau, et à la désertion totale de toute énergie, cette pesanteur létale qui vient à trop nager dans le froid.

... Et surtout il y avait lui, lui dont chaque geste semblait toujours dépasser l'intention, lui avec ses bras qui l'avaient serrée trop fort, cette douleur qu'elle avait eue à lui résister, et cette douceur tout de même au moment de la déposer, ce vertige imparable de deux corps qui accostent...

Fautifs ils avaient camouflé les bruits dans la rumeur des vagues, les doigts en écueil sur les lèvres et les lèvres submergeant les doigts, décuplés par la retenue, mais très vite il y avait eu pour elle la gêne de sentir sa sœur si proche, une pudeur abrupte comme un malaise, glaciale même, le trouble de la sentir approcher…

C'est là qu'elle avait senti le refus comme un ultime plaisir, se défaire de l'étreinte, se soustraire au désir et replonger dans la fluidité de l'onde, laisser venir l'autre jusqu'à ce point-là, si facilement et vite, repartir comme pour mieux le désavouer.

C'est aussi pour ça qu'elle avait dormi dans sa chambre, et lui dans la sienne. En dépit de cette langueur qui menaçait toujours ici, cette sensation de bronzer pour rien, en dépit aussi de cette farouche envie qu'elle avait de trouver cet homme providentiel, elle n'avait pas cédé. Sans doute avait-elle été un peu déçue par cette insistance, la façon qu'il avait eue de se montrer pressant une fois dans le couloir, alors qu'elle-même de son côté ne redoutait qu'une chose, apparaître comme trop acquise. Sans plus insister il avait fait demi-tour et marché vers sa chambre, même pas dépité, encore plus séduisant à cause de cela. N'empêche qu'elle y avait pensé toute la nuit, toute la nuit elle avait revisité cette passable violence, au point même de la regretter. Si bien que ce matin la seule chose qui la gênait vraiment c'était ce malaise, cette crainte tout de même qu'on les ait entendus.

Pour le capitaine c'était le deuxième voyage déjà. Naviguer entre le dos des vagues et ces écueils affleurant, respecter le chenal en compensant les courants, passer au plus près d'un rocher pour mieux contourner l'autre, pour lui tout ça n'était que pure formalité.

La navette dodelinait entre les repères, des petites croix rouillaient au sommet des récifs, pour mieux les signaler, si bien qu'à marée haute, seuls les crucifix émergeaient, alors qu'à marée basse ça faisait comme des tombes, sans ferveur ni sujet.

Le soleil était revenu. Sous la lumière forte et cette chaleur retrouvée, André-Pierre subissait ce décor, sans le moindre intérêt. Voilà plus de trois semaines que la mère attendait ce moment-là, depuis le début des vacances elle n'attendait que ça, arriver astucieusement à le coincer, se retrouver seul à seul. Ce matin, elle avait prétexté toutes ces courses à faire au marché de

Paimpol, invoquant les bouteilles d'eau et les paniers à porter, pour qu'il l'accompagne. Elle n'aimait pas non plus y aller seule, à cause de ce qu'on racontait au sujet de cette bande qui faisait la manche aux abords du marché, des jeunes qui traînaient là tout l'été et qu'elle s'était mise à craindre elle aussi, suite à toutes ces histoires qui couraient sur eux, selon lesquelles ils ne seraient là que pour mieux vous épier, glaner sur vous un tas d'informations afin d'en déduire quand votre maison sera désertée, quand vous n'y serez pas.

Pour se disculper de cette méfiance, sans doute aussi pour les amadouer, la mère leur offrait chaque fois des gracieux bonjours, d'autant qu'il n'y avait là que des garçons, des sourires qui faisaient dire d'elle qu'elle était belle encore, beaucoup étaient même prêts à s'emballer pour cette femme de soixante ans.

Au-delà de l'approvisionnement, la traversée d'aujourd'hui était pour elle l'occasion de remettre deux ou trois choses au point avec son gendre. Depuis toujours elle avait un mal fou à communiquer avec lui, ce qui ne l'empêchait pas de l'aimer, de l'adopter sans réserve. De toute façon les mères, même les plus marâtres, ne sont jamais totalement ingrates vis-à-vis de leur beau-fils, dans certains cas elles leur sont même reconnaissantes, et ce d'autant plus quand elles savent à quel point leur fille était mal partie dans la vie.

À l'époque où André-Pierre avait rencontré Vanessa, elle n'était pas encore rescapée de ce long naufrage qu'avait été son adolescence, une succession de lames qui l'avait rejetée dans l'âge adulte sans le moindre diplôme, sans équilibre ni projet, rien d'autre que des mauvaises fréquentations et un désespoir chronique ; à croire que dans la foulée, son frère avait tout fait pour la copier. Comme beaucoup, elle avait cru de son devoir de s'exprimer par la révolte, mais si les vraies revendications supposent le moindre courage de les formuler, un engagement en tout cas, pour sa part elle avait préféré les révolutions plus intimes, les nihilismes plus feutrés. Si bien qu'après quantité de péripéties citadines et pseudo-universitaires, elle était longtemps restée dans le giron familial, sans vraie activité, collaborant de loin au domaine, à titre d'employée temporaire. Un temps, son père avait tenté d'en faire une représentante, une sorte d'ambassadrice de ses productions, c'est d'ailleurs elle qui avait eu l'idée d'aménager des salons de dégustation, de les décorer et de les sonoriser. Si bien que dans ce contexte, André-Pierre s'était tout naturellement imposé. André-Pierre qui travaillait au Domaine depuis longtemps, qui en quelques années était passé du statut de directeur financier à celui de directeur général, André-Pierre qui, avant même de fréquenter la fille du domaine, jouissait auprès du père d'une confiance indéfectible, le remplaçant aux vacances, palliant son désintérêt croissant pour les affaires... André-Pierre qui avait même su conquérir le Japon, car lui n'avait pas peur des allers-retours en avion, André-Pierre enfin qui avait donné à Vanessa toute l'apparence d'une femme, en plus d'une double maternité. Il est bien évident que cet André-Pierre-là, lui qui au départ n'était qu'un brillant collaborateur, un être sage qu'on aimait bien, mais pas plus que ça, parce que trop sage justement, il est bien évident qu'en devenant de la famille tout le monde avait appris à l'aimer davantage.

Au final il n'y avait qu'André-Pierre pour assurer la continuité de l'entreprise, à condition toutefois qu'il consente à partager un jour ou l'autre les responsabilités avec Philip, car le père ne désespérait toujours pas d'une probable rémission de son fils, d'ailleurs il ne voyait que lui pour assurer la pérennité du patronyme. Dans la perspective de cette prochaine installation du fils aux commandes de l'entreprise, il était urgent pour les deux hommes de s'entendre, car si le père misait sur ce binôme, en aucun cas il ne voulait entendre parler de quelque différend que ce soit, d'aucune antipathie.

À plus de soixante-quinze ans, il estimait que sa partie du travail était faite, et pour lui comme pour sa femme il ne rêvait plus que d'une chose, passer le plus de temps possible ici à Bréhat, ne plus se soucier de rien.

— Mais vous connaissez Philip, il ne changera jamais ; dans le fond on ne change jamais... Et ce n'est pas en lui mettant un beau bureau entre les mains, des titres et une fonction, que tout d'un coup il deviendra adulte.

— Vous savez, André-Pierre, depuis que vous êtes de la famille je vous aime au même titre que mes enfants, je vous considère tout autant, mais en retour, il vous revient de les aimer eux aussi, de les aider par conséquent. C'est à vous de veiller sur Philip. Je sais bien que dans un premier temps il faudra que vous soyez, j'allais dire comme un père pour lui, disons comme un frère... Comprenez que c'est important, pour lui comme pour nous, et puis il ne peut pas rester indéfiniment sans travail, bourlinguer comme ça toute une vie...

C'est là qu'André-Pierre révélait tout de sa vraie nature, celle d'un épais boudeur qui n'hésite pas à se détourner froidement, et qui regarde au loin défiler les croix, comme une procession de mérites, modèles même de cette grandeur qu'il y a à baliser la dérive des autres, le genre d'apostolat que pour sa part il n'ambitionnait pas. Et cette dureté sur son visage, cette intransigeance dont le seul mérite était de simplifier tout, n'était qu'un bricolage d'égoïsme qui le préservait de toute compassion… Philip ; c'est à peine s'il l'imaginait commercial, ou représentant, il pourrait peut-être à la rigueur donner un coup de main aux vignes, changer les piquets, épandre le sulfate… André-Pierre connaissait trop bien son beau-frère pour ne pas en sous-estimer l'inconséquence, d'autant que lui, contrairement aux autres, était au courant de toutes ses frasques et de ses arrangements, depuis longtemps il préservait la famille en gardant pour lui les secrets, des histoires sordides qui changeraient sûrement le cliché du fils prodigue. Sans aller jusqu'au reniement pas de doute qu'ils le verraient autrement… En somme c'était lui le dernier rempart de la respectabilité du fils, en contrepartie il attendait une manière d'indemnité. André-Pierre recelait toutes les embrouilles de l'autre, comme autant d'ultimes arguments. Jusqu'à maintenant il n'avait jamais rien dit au sujet de cet argent qu'il versait tous les mois à Philip, ni de l'adresse exacte où il envoyait le courrier, sans parler de ces astuces de relais pour faire croire que les cartes postales venaient effectivement des États-Unis.

Si ça se trouve, ce genre de révélations ne changeraient rien, une fois de plus la mère lui trouverait des excuses, le père dédaignerait tout ça en l'absolvant par principe. D'autant que ce ne serait pas la première fois qu'André-Pierre chercherait à le déconsidérer, cela participait même d'un travail rigoureux, dès le début il avait réalisé à quel point ce serait impossible de s'entendre avec ce type-là. Pour lui Philip n'était qu'un bon à rien définitif, incompétent universel, avec pour toute expérience un parcours jalonné de petits trafics et de fréquentations douteuses.

— … Vous n'avez qu'à voir le genre de ses amis, comme ce type qui est à la maison ; vous ne voyez pas qu'au bout de deux jours il est déjà chez lui, vous ne voyez pas qu'il se balade tout le temps avec son haschich et qu'il fait fumer tout le monde…

— Je ne connais plus guère que vous pour s'offusquer de ça…

— Mais vous ne voyez pas que si on le laisse faire, d'ici peu ce gars-là nous bouffera la laine sur le dos, et peut-être même qu'il…

Là-dessus il s'arrêta net, comme s'il n'osait pas en dire plus, comme s'il redoutait que d'une façon ou d'une autre — plus ou moins surnaturelle — Boris d'où qu'il soit ne l'entende…

— Vous ne devriez pas vous braquer comme ça, ce garçon est charmant. Mon mari et lui ont bavardé longuement hier soir, et croyez-moi, mon mari en connaît un rayon sur les hommes.

André-Pierre savait toutes les raisons qu'il avait de se méfier de ce type, de le détester, convaincu qu'en lui tout n'était qu'appât et faux-semblants, à tel point qu'il n'arrivait pas à l'imaginer ailleurs qu'au bord d'une plage, il ne l'imaginait pas autrement que là, à profiter du soleil des autres et à dispenser ses regards, un genre de parasite en quelque sorte, sans la moindre classe… D'ailleurs à côté de lui, même Philip faisait racé. Pas une seconde il n'imaginait que ce frimeur soit passé par Buzenval, pas une seconde il ne le voyait chez les lasalliens, ce genre de collège imprime à tous ceux qui y passent un minimum de vernis, un tant soit peu d'éducation…

— Et comment se fait-il que vous ne l'ayez jamais vu avant ?

— Les moments de libres qu'un enfant passe hors de l'internat, ce n'est pas pour aller les passer chez les parents des autres… Et puis Philip n'a jamais ramené le moindre copain à la maison, à mon avis il s'est toujours senti coupable de cette aisance, alors qu'à sa place, je suis bien sûre que beaucoup auraient fait le contraire…

Une fois encore, André-Pierre se détourna, serrant les dents sur ce qu'il avait à dire, le regard perdu sur ces vagues sans avenir.

— Allons, allons, je sais bien qu'en ce moment vous êtes un peu tendu, que vous travaillez beaucoup, mais rassurez-vous, croyez bien que mon mari et moi avons une totale confiance en vous… Je suis sûre que vous allez vous en tirer à merveille, là-dessus je n'ai pas le moindre doute, mais tout de même, comprenez que je vous demande au moins ça, une faveur dirons-nous, faites la paix avec Philip, d'ailleurs ce serait l'occasion idéale pour que vous vous parliez tous les deux ; les vacances, il n'y a pas de meilleur moment pour tout remettre à plat, vous mettre d'accord une bonne fois pour toutes… Je vous le demande comme un service, il a tout ici, je ne veux plus le savoir là-bas, il n'a rien à faire aux États-Unis.

Face à autant de crédulité, c'est là qu'il serrait très fort les dents.

La vedette filait plus vite maintenant. Le capitaine avait rallumé sa Players poussive, signe que la zone des courants était franchie, qu'il n'était plus obligé de compenser sa dérive en tenant bien la barre. Sa fumée tenait un temps dans l'habitacle, protégée du vent, tournoyant au-dessus de lui, épaisse et jaunâtre, puis d'un coup elle disparaissait en s'écartant trop, instantanément dispersée au-dehors, instantanément évanouie.

Juste au-dessous d'eux, englouti par quatre ou cinq mètres de fond, dormait le passage de *la cuisse des dames*, avec ses traces de pas gommés par la marée, des marques avalées par l'océan, un chemin qui, il y a encore quelques heures de cela, était à l'air libre, qui le redeviendrait tout à l'heure.

Quand Julie descendit de sa chambre, Boris et le père étaient au bord de la piscine. La main en pare-soleil, elle embrassa son père et salua Boris d'une petite voix mal dégagée. Elle disait avoir vu le gendarme ce matin, par la fenêtre, une drôle d'impression au réveil… Le père la rassura d'un rire, un de ses rires d'éclaircie, de ces élans de dérision dont l'âge confère l'astuce, et qui attestent la relativité de toute chose. Le rire d'un enfant, après tout ça n'est jamais que le rire de quelqu'un qui ne sait rien, un rire qui n'a encore rien apprécié de cette échelle qui va du drame à la désinvolture, de l'anecdote à l'essentiel, un rire d'homme âgé c'est tout le contraire… Le rire du père, c'était un grand coup de clairvoyance qui dégageait tout, un rire qui renvoyait Julie comme dans l'enfance, avec l'envie de ne se soucier de rien. Elle plongea sa moue rêveuse dans son café, lançant des petits coups d'œil mal réveillés par-dessus son bol, puis en inspirant fort elle renoua avec ce ciel grand ouvert, ce soleil vainqueur et cette mer à nouveau bleue, modulant sur les granits roses.

— Ah tout de même, n'en parle pas, surtout pas à ta mère, mais cette fois il a voulu que je signe une sorte d'autorisation au sujet du feu d'artifice, un papier tout ce qu'il y a d'officiel...

Puis en s'adressant à Boris :

— L'année dernière une fusée malheureuse avait mis le feu à deux voiliers qui mouillaient en contrebas de la propriété, dans la baie de la *poule blanche*, d'ailleurs depuis ce jour-là nous ne cessons de craindre des représailles des propriétaires, que voulez-vous, Philip avait un peu bu... Enfin j'imagine que vous êtes au courant.

Là par contre il ne riait plus.

Vanessa et les enfants remontèrent de la crique, deux petits seaux jaunes pleins de coquillages, leur ciré sur le bras, une balade de plus de deux heures.

Ils prirent le déjeuner dans le salon du bas, à la fraîcheur des volets mi-clos. Le midi une femme venait préparer le repas, après quoi elle servait à table. Boris suivait les allées et venues de cette femme sans âge qui allait de la cuisine à la table, le moindre geste toujours dans le prolongement d'un plat. En fin de compte c'était la seule qui lui échappait vraiment, habitait-elle ici, venait-elle du continent, quelle était la tonalité de sa voix quand elle ne l'affectait pas ? En la voyant repartir de dos il eut l'image de sa mère, qui travaillait certes dans un restaurant.

Le père accapara l'attention en racontant l'anecdote que lui avait rapportée le gendarme ce matin, et qui en ce moment même devait faire le tour de l'île, les gens n'aiment rien tant que gloser sur la mort des autres… Un homme avait été repêché à l'aube, happé par ce sanctuaire de rochers qui encadrait les lieux, comme ce type d'il y a deux ans. Pour sa part, le père attribuait ces accidents à la lubie de quelques nageurs illuminés. Entre eux, le pari c'était de rallier le Gulf Stream à la nage, de préférence à marée basse, afin de le trouver le moins loin possible, suite à quoi ils se laisseraient porter comme ça par les eaux chaudes…

— Il y a quelques années ce genre de parodie d'héroïsme était très à la mode, des disciples de Ponce de León en quelque sorte, ce conquistador blessé dont le corps fut rapatrié par le courant. La légende veut que le Gulf Stream l'ait porté jusqu'ici, ouvrant là la voie à tous ceux qui comptaient migrer depuis l'Amérique au moindre coût… N'allez pas croire qu'il ne s'agisse là que d'une légende, dites-vous bien que les requins blancs eux-mêmes se laissent porter par le Gulf Stream pour s'épargner de nager, quant aux anguilles qu'on pêche ici, la plupart ont été pondues dans la mer des Sargasses… Pour ma part j'y vois comme une métaphore… Si ça se trouve c'est par là que Philip nous reviendra…

Le père sema le trouble encore une fois. Tout le monde marqua un temps pour évaluer s'il s'agissait là d'humour ou de simple mauvais goût.

— En tout cas s'il devait préférer le Gulf Stream à l'avion, on ne le reverra pas avant deux mois…

Seul Boris rit de cela. Le père était ravi d'avoir trouvé l'interlocuteur à sa mesure, enfin il y en avait un autour de cette table pour prendre les choses à la légère, ne pas souffrir de la moindre blague, les autres avaient toujours tendance à tout prendre au premier degré…

En jouant la connivence, Boris restaurait un peu le crédit du patriarche. Ces derniers temps, ils avaient de plus en plus tendance à le prendre pour un doux rêveur, sinon un cynique fabulateur… André-Pierre goûtait mal cette fraîche complicité, craignant d'y voir les prémices d'une future coalition.

En écoutant ça, Julie songea à leur nage de cette nuit.

— Mais le Gulf Stream, on le reconnaît à quoi…

— C'est comme un fleuve, en plein océan, un fleuve avec des rives d'eau de mer…

— Et pour le rejoindre ?

— Il suffit de suivre les poissons volants…

La femme aux plats ne se formalisait plus de trouver tant de choses abstraites.

*

L'après-midi, les filles proposèrent d'aller tous sur le court, d'autant qu'à Buzenval le tennis c'était la grande activité, des parties qui meublaient les week-ends de tous les internes, raison pour laquelle Philip excellait à ce jeu, et que Boris devait se défendre pas mal. André-Pierre ne se défila pas, il aurait eu mauvaise conscience à le faire, il savait d'avance qu'on ne cesserait de le lui reprocher.

Dans sa chambre, le père méditait plus qu'il ne faisait vraiment la sieste, il rêvait à ces dérives, tous ces mouvements de courants chauds qui leur donnaient par ici des étés de rêve, véritable microclimat qui permettait qu'en plus des palmiers et des pins parasols, poussent même l'eucalyptus et la mandragore. Souvent il s'endormait sur cette image, cette tentative de représentation qui l'obsédait depuis toujours, même si à ce jour, il ne l'avait jamais véritablement visualisée : cinquante fois la Loire... Le débit du Gulf Stream est cinquante fois celui de la Loire, ce fleuve béni qui avait fait sa fortune en plus de ses vins... Il se concentra là-dessus jusqu'à ce que le sommeil le prenne, les moutons sous forme de requins blancs.

Le court était en retrait de la propriété, dans une petite clairière bien à l'abri du vent. On y accédait par une sente de terre battue, une coulée de safran qui serpentait entre les pins. La senteur balsamique et chaude, proche de la garrigue, la chaleur d'équinoxe, l'attitude parfaitement relâchée des filles, l'apesanteur des tissus, tout évoquait la Riviera. D'autant que c'était l'heure où le soleil tapait en plein. Les écorces tiraient vers le rouge, les bouquets d'épines vertes flambaient comme des volées d'émeraudes, en toile de fond le ciel tendait sa peinture fraîche. Entre les arbres, la mer scintillait par brèches, deuxième dimension d'un même mirage. Au milieu de ce bleu de Grèce, l'île semblait en suspension entre le ciel et l'eau, au-dessus de l'eau sans doute, frôlant le ciel déjà. Boris foulait ça comme un moment de grâce, un peu incrédule de se retrouver là, assurant sa démarche pour ne rien montrer de ce contraste terrible qu'il subissait là, par rapport à ces derniers mois…

C'est au détour des grands arbres qu'il buta sur le haut grillage, un grillage dressé tout autour du court, aussi haut qu'un vertige, acide comme les pires souvenirs qu'il avait de plein air, ces promenades à l'horizon quadrillées par des mailles d'acier. Ce grillage-là avait plus de mollesse, il n'enfermait rien d'autre qu'un pan de liberté, s'ouvrait par une porte sans serrure, et pourtant en le voyant il reçut comme un coup, jusqu'à fléchir en soi, jusqu'à plier, mais surtout n'en rien montrer.

En attendant que la chaleur retombe, les filles résolurent de rester sur le banc plutôt que de jouer en double, et de les regarder.

En plus du grillage, Boris sentait refluer un tas de souvenirs d'humiliations, mieux qu'un talon d'Achille. Le tennis ; un sport pourtant, mais pour lui tellement emblématique, tellement humiliant… C'était cette insupportable ascendance que prenaient les autres dès lors qu'ils sortaient les balles jaunes, leur raquette et le short blanc. En rien ils ne la méritaient cette prédominance, en rien ils n'étaient les plus forts, à mains nues ils ne l'étaient sûrement pas, mais avec une raquette en main une forme de qualité reprenait ses droits, une aisance à glisser sur le court, une éducation se révélait… Pourtant, pour la redouter cette épreuve-là il ne s'y était jamais dérobé, chaque fois qu'on lui avait proposé de jouer, il avait joué, convaincu qu'à substituer l'instinct aux règles, la rage aux conventions, là encore il gagnerait.

— Il paraît qu'à Buzenval il y avait deux tournois par an, vous deviez l'emporter chaque fois n'est-ce pas ?

Si d'entrée de jeu André-Pierre se permettait l'ironie, si avant même de commencer à jouer il toisait l'adversaire, c'est qu'il sentait bien à quel point Boris semblait mal assorti avec sa raquette, dans la gestuelle quelque chose n'allait pas, il perdait de cette insolente fluidité, paraissait même encombré.

Boris avait d'autorité désigné les camps, attribuant à André-Pierre celui où le soleil tapait, mais avant même que la partie commence André-Pierre demanda une pause pour boire. Une dernière fois Boris insista auprès des filles pour jouer en double, prétextant que ce serait définitivement plus amusant d'être quatre sur le court, mais elles ne voulaient pas, les pieds sur le banc, les jambes ramenées jusque sous les fesses, à l'ombre, elles préféraient les regarder, elles trouvaient plus amusant de les regarder.

Rien qu'à les voir il ressentait une pression de plus. Julie exposait ses jambes au soleil, le reste du corps en retrait. Depuis sa place Boris envisageait longuement ces cuisses offertes, liquéfié par cette farouche impudeur qu'elle opposait, le regardant dans les yeux. Vanessa suivait ce manège, sans offense ni jalousie, tout juste une complaisance résignée...

— Oh, on peut y aller... lâcha André-Pierre particulièrement remonté, sautillant en face de son adversaire avec un brin de défi.

— Bon, mais on fait quelques balles d'abord...

Ils échangèrent une dizaine de balles brouillonnes, une par une Boris les sortit au-delà des lignes, et déjà il avait soif, déjà il avait chaud. La main en visière, André-Pierre le regardait, supportant mal de devoir déjà marquer une pause. En toute mauvaise foi Boris lança qu'en fin de compte il préférait l'autre côté, réflexion faite il préférait jouer avec le soleil de face... André-Pierre aurait dû prendre cette intention-là pour un égard, une délicate attention, mais sous cette proposition, il tentait de deviner le piège.

*

En préparant la chambre de Philip, la mère fouina dans ce désordre qui dormait là depuis toujours, un genre d'archives de son fils qu'elle n'avait jamais eu la nostalgie ni l'indélicatesse de retourner. Elle exhuma des tas de vieux devoirs de ce placard, des tas de cahiers où il y avait davantage de gribouillis et de dessins que de notes prises au sujet des cours ; et toujours, sur quelque devoir que ce soit, toujours des mauvaises notes... Elle retrouva aussi certains mots qu'elle aurait dû viser en son temps, mais qu'une autre main que la sienne avait finalement contresignés... Elle n'ignorait pas ce talent-là de son fils, cette aptitude à imiter la signature des autres, cet aplomb aussi pour arriver à faire ces choses-là, des forfaits en somme, et ce depuis le plus jeune âge... D'ailleurs pendant long-temps elle avait craint que devant tant d'apti-tudes et de sang-froid, la vraie vocation de son fils ne soit pas autre chose que de dissimuler ou de mentir, longtemps elle avait redouté ce pen-chant. D'où l'internat. D'où la nécessité de cette discipline, le genre d'établissement dont il aurait dû ressortir rigoureusement assagi, honnête dans le fond.

Elle aurait préféré mettre la main sur une véritable photo de classe, quelque chose de bien agencé avec la liste de tous les noms en des-sous, ou à côté, en correspondance, de quoi re-trouver facilement ce qu'on cherche, alors que là ça n'était qu'une vue d'ensemble de la cho-rale, la chorale au grand complet certes, une cinquantaine d'élèves, mais sans les noms. Elle n'avait pas ses lunettes, n'empêche qu'elle re-connut tout de suite son fils, son fils qui portait l'aube, comme tous les autres d'ailleurs, avec leur chapelet de billes en bois autour du cou, le cheveu ras, de vrais petits bonzes, et cette posture étonnamment droite, presque fière, comme si Philip avait pu ressentir le moindre orgueil à porter ce genre d'accoutrement... D'ailleurs ça la fit rire de revoir Philip dans ces dispositions-là, Philip avec les cheveux courts et la moue convaincue des élèves résolus à bien faire, un Philip apaisé, sanctifié, tout en blanc avec ça...

Les autres aussi se tenaient droits, cinq rangées de parfaits éléments, une pépinière d'excellence... Celui qu'elle cherchait tout de même c'était un grand, ce Boris dont, de mémoire, lui revenait qu'ils devaient se faire souvent coller ensemble, lui et son fils, au point même qu'ils avaient dû les séparer à un moment, les changer de classe pendant un temps... À une époque un peu plus cruciale de leur adolescence, il y avait même eu ces histoires de traquenards, des guets-apens qu'une poignée d'élèves tendaient à certains autres, de véritables embuscades au cours desquelles ils bastonnaient consciencieusement leur victime, s'embarquant sans explication dans une déroutante violence, sans qu'on sache trop pourquoi... Suite à ces épisodes il avait été question de sanctions, de consultations auprès des psychologues. Dans cette poignée d'éléments-là, Philip avait toujours soutenu qu'il ne faisait que les suivre, participer du clan de ceux qui frappent était la meilleure option de s'épargner les coups. Lui dans tout ça il ne faisait que regarder, n'empêche qu'à lui aussi on avait diagnostiqué un violent esprit de contradiction, en plus d'une indubitable tendance à l'agressivité… Au fond, des histoires comme il s'en passe dans tous les internats, une violence qui vient à trop fermenter, comme on le voit en prison, un malaise venu de la rancœur qu'ont les gosses de se savoir là, et de ne pas pouvoir en sortir.

À force d'appliquer son regard, à force de pointer ses yeux sur la photo, elle avait de plus en plus de mal à suivre cette brochette d'anges parfaitement pathétiques. Parmi eux, quelques-uns pourtant avaient cet air solide, cet air martial qu'avait déjà Boris à cette époque, mais lequel était-ce déjà… Elle n'avait pas ses lunettes, mais elle s'obstinait à trouver celui qui aurait cette carrure, ces traits à la fois fins et accusés, ces cheveux en brosse et ces yeux noirs, un adolescent qui devait avoir un peu de l'éclat de cet homme qu'il était à présent… Elle écuma les rangées du bas avant de réaliser que vu sa taille il devait plutôt être en haut. Alors elle glissa encore un peu sur ces visages, qui à force n'en faisaient plus qu'un, et toujours ce même accoutrement, cette même blancheur qui lui échauffait les yeux…

Bien décidée à étudier ça de plus près, elle prit la photo en main pour la voir en bas.

Avant de sortir elle referma les volets, histoire de garder sa fraîcheur à la chambre, elle époussetta une énième fois le lit, revisita tout du regard, elle voulait que tout soit parfait.

En dessous la sieste était finie. *Casta diva* développait la barcarolle de ses premiers accords, un à un les volets réenchantaient les pièces. La mère chantonna en cadence, comme si elle n'était pas lassée de l'entendre, chaque jour à la même heure, de même que ça la comblait de déceler dans la chambre des enfants des signes d'impatience. À cet âge-là il suffit de pleurer pour se faire comprendre.

Quand ils la virent arriver, ils hurlèrent un *mamie* vainqueur... Confondue par ces petites bouilles rougies, transcendée par ces bambins qu'elle tenait maintenant dans ses bras et qui gigotaient comme deux prises, elle en oublia là la photo, et redescendit les petits êtres pour les relâcher à la vraie vie. C'était un pur bonheur que de renouer avec ces préoccupations maternelles, de retrouver ce mélange d'inquiétude et de satisfaction qu'il y a à surveiller deux garçons. Son mari aussi trouvait ça exotique de jouer les grands-pères, pas trop longtemps.

Là ce n'était plus avec son bras qu'il tapait. Là ce n'était plus seulement de la force qu'il y mettait, mais de la colère... C'est que maintenant tout le gênait, ce soleil juste dans l'axe, cette sueur qui lui cuisait les yeux, la fureur d'être une nouvelle fois confronté à ce jeu dérisoire, ce jeu impossible qui lui réussissait mal, dans lequel chaque fois il s'effondrait.

En fait la partie se résumait à ça, André-Pierre voyait fondre sur lui des balles folles, assassines, pour certaines en dedans, la plupart en dehors, sans compter toutes celles qui l'atteignaient carrément de plein fouet... Chaque fois Boris concluait l'échange en tapant trop fort, un peu n'importe où mais fort. Pour André-Pierre ça ressemblait à des coups de semonce, des balles qui lui arrivaient un peu partout sur le corps et qu'il prenait comme de la malveillance, quelque chose d'aussi perturbant que des coups de fil raccrochés en pleine nuit...

Voyant bien que son adversaire était gêné par le soleil, André-Pierre proposa de changer de côté.

— … Ça reviendrait au même, rétorqua sèchement Boris, profitant de ce minime passage de déconcentration pour lui balancer une balle aussi forte que possible, un tir plus qu'un service…

Et toujours ce coup d'œil terrible au moment d'engager, cette façon venimeuse qu'avait Boris de lui demander s'il était prêt… Peut-être même qu'il y eut deux ou trois insultes dans ces soupirs qu'on lâche en servant fort, des *chhhier* ou des *t'es mort*… En plus, au lieu de s'excuser lorsqu'il sortait trop largement une balle, au lieu de ne rien dire ou de feindre de s'en vouloir, Boris, devenu excessivement familier, lui assenait des remontrances comme à un gosse… « hé ben, faut courir… Allez vas-y mon grand, celle-là tu peux l'avoir, vas-y… »

Ce type est fou ! Voilà ce qu'André-Pierre se répétait avec la conviction d'un credo, ce type est complètement malade… En même temps il s'appliquait sur chaque balle, essayant de ne rien perdre de sa concentration, parce qu'au fond c'est bien ça qu'il cherchait, à le déstabiliser…

Sachant que ni la hargne ni la colère ne lui était accessible, sentant bien qu'aucune forme de riposte ne pourrait contrer autant de mauvaise foi, plutôt que de répondre ou de s'offenser André-Pierre préféra la lâcheté, l'ultime recours de l'orgueil, la lâcheté qui tire des pires situations aussi sûrement que le courage. Les filles flânaient au travers des pins, elles se repassaient une de ces cigarettes que l'autre avait dû leur rouler, de loin il les regardait avec impuissance, suppliant en lui-même pour qu'elles reviennent au bord du terrain, car depuis qu'elles ne les regardaient plus, l'autre se lâchait davantage, il profitait de ce qu'il n'y avait plus de témoin pour tout montrer de sa violence et de sa mauvaise foi... Là-dessus Boris lui balança un service fulgurant, les deux pieds pourtant largement engagés sur la ligne, et sans le moindre scrupule il compta le point...

— Attention, je te remonte... 40-15 !

Ce type est fou ! Pour lui c'était maintenant une certitude, il suffisait de jouer au tennis contre lui pour s'en rendre compte... Ce type est un malade, et il n'est sûrement pas là par hasard, il n'est pas là uniquement pour perdre au tennis et allumer les femmes... Pris comme point de mire de ce regard culminant, tétanisé par l'acuité profonde de cette rancune, André-Pierre en vient à se dire que si ça se trouve, ce type était là pour lui, rien d'autre ici ne l'intéressait que ce beau-frère tellement gênant, tellement peu compréhensif, ce beau-frère tellement encombrant, et qu'il serait si simple, dans le fond, de neutraliser, simplement en lui rentrant dedans, en l'intimidant…

Il sentit redoubler sa sueur. Du coup c'est lui qui se mit à perdre point sur point. Du coup il n'était plus du tout dans la partie, à moitié paralysé par cette odieuse intuition, du coup il évoluait lourdement sur le court comme si ses semelles le retenaient, une pesanteur qui lui plombait les bras et diminuait ses retours. Il y a des années qu'il n'avait pas ressenti ça, les prémices d'une vraie crise de tétanie, maintenant, même les balles pourtant faciles lui échappaient, la raquette devenue molle et le filet trop haut, et cet air hagard par-dessus tout, cette façon hébétée qu'il avait d'envisager son adversaire, incrédule sinon craintif, pour tout dire paniqué… Cette fois ce n'était plus d'inquiétude ou de soupçons qu'il souffrait, mais bel et bien de certitudes. Maintenant ça n'était plus des suppositions qu'il explorait, mais déjà il se concentrait sur les moyens de s'en sortir. Mais qu'est-ce qu'il attendait ? Et de quelle façon s'y prendrait-il ? Faudrait-il tout le temps garder un œil sur ce type, ne jamais s'isoler avec lui, l'éviter ; ou pourquoi pas tout dire au père, quitte à passer pour un couard, un trouillard, un faible, ou le balancer aux flics, mais sur quelles bases, quel autre forfait lui reprocher que cette manière effrontée de lui faire peur et de tricher au tennis… Ou alors prendre les devants, l'aborder de front et lui demander ce qu'il veut, quitte à lui donner ce qu'il faut pour qu'il se casse... À n'en pas douter, ce type était du genre à s'en tenir au plus offrant, et si Philip l'avait mandaté, il n'aurait jamais les moyens de surenchérir... C'était donc à lui de le faire, détourner cet homme qu'on avait braqué sur lui à la façon d'une arme.

Jamais il n'aurait cru devoir un jour envisager ça. Jamais il n'aurait cru qu'un jour ce genre de situation le concernerait, un cas de figure aussi grotesque qu'un fait divers, aussi révoltant, aussi inconcevable, le genre de dispositions extrêmes où les gens vous encombrent à un point tel que vous vient immanquablement l'idée de vous en défaire, de vous en soulager à tout prix... Il recherchait en lui cette petite voix, suspendue et discrète, cette petite voix qui lui parlait comme à un enfant et qui seule pouvait le rassurer.

C'est sur un retour de service pourtant anodin qu'André-Pierre explosa, bousculé par les balles, liquéfié par ses peurs, il dévissa littéralement sur place... D'un coup sa raquette se mit à faire le tour de lui-même, et son corps au bout du manche qui suivait, son corps absorbé par cette ironique spirale, avant que le tout ne retombe lourdement dans un bruit de sac.

Boris enjamba le filet avec une précipitation telle, qu'on aurait pu le croire charitable pour le coup. En voyant ça, les filles se mirent à courir elles aussi, comprenant qu'il se passait quelque chose. Déjà Boris soutenait la tête d'André-Pierre, déjà il lui demandait ce qui n'allait pas, il pensa même vérifier qu'il n'avalait pas sa langue, avant de lui relever la tête et de le tenir comme ça. Les filles lui défirent sa chemisette et ses bandages et lui passèrent une serviette sur le visage.

Il revint à lui dans les bras de Boris, il en eut même un mouvement de recul, sans pour autant pouvoir bouger, en pleine tétanie…

— Eh ben dis-moi mon vieux ; encore heureux que c'est moi qui jouais avec le soleil en face… Tu vois bien que j'avais raison de te faire changer de place, l'insolation je connais ça…

Les filles dirent qu'elles allaient chercher une bouteille d'eau fraîche à la maison, un gant et de l'aspirine, et surtout de la glace… André-Pierre tenta de les retenir, surtout il ne voulait pas qu'elles s'en aillent, surtout il ne voulait pas rester seul avec l'autre… Mais c'est à peine s'il avait la force de parler.

Boris le soutenait toujours, pas franchement à l'aise dans ce rôle d'infirmier, bougeant le moins possible, délicat comme jamais. Il lui passa même la main sur le front, tout en répétant d'une voix douce — ça va aller, va, t'en fais pas…

Et André-Pierre qui cherchait ses mots, André-Pierre qui forçait, André-Pierre qui voulait au moins trouver la ressource de lui dire de lui foutre la paix, André-Pierre qui se répétait en dedans, comme un gosse qui n'en a même plus la force, comme un gosse qui sait d'avance qu'on ne l'écoutera plus, définitivement plus, André-Pierre qui ânonnait pour lui sa plainte obsessionnelle, désespérée, calquée sur le rythme de ces grands coups dans sa poitrine... Mais pourquoi il me tutoie, je veux pas qu'il me tutoie...

Le plus révoltant chez les gens qui possèdent c'est cette aptitude à négliger, cette facilité avec laquelle ils dédaignent, au point parfois de ne même plus savoir tout ce qu'ils ont... Des pianos endormis dans le silence des salons, des toiles de petits maîtres assiégées de poussière, des trésors de greniers, des curiosités diverses... Boris avait souvent ressenti l'outrance de ces omissions-là, et ce depuis toujours.

Le hangar à bateau était construit à même la roche, un grand battant de fer oxydé s'ouvrait sur la crique et découvrait ce garage où croupissait toute sorte d'accastillages, des outils rouillés et de vieilles voiles déchirées. Le père tenait absolument à lui montrer le Riva, un Aquarama des années 70, il comptait même sur Boris pour le mettre en marche, on ne sait jamais, et même si on ne l'avait pas sorti depuis deux ans, d'après lui il suffirait d'épousseter les bougies et de tapoter le démarreur pour qu'il reparte illico.

Le père guida Boris dans la mise à l'eau, manœuvre fort simple mais qui supposait tout de même de manier vigoureusement le treuil, et d'y aller de ses bras pour orienter la coque. Le père regardait faire Boris avec la nostalgie de ses propres forces, parfaitement ravi de la docilité de cet homme, parfaitement comblé par cette obligeance, il découvrait là une connivence qu'il n'avait même jamais ressentie avec son propre fils… Après tout, peut-être que ce garçon se sentait son obligé, qu'il s'estimait redevable de l'hospitalité ? Peut-être qu'il se forçait à se montrer coopératif, alors que dans le fond ça l'ennuyait profondément de mettre les mains dans le cambouis et de ressortir une brocante d'acajou… D'autant qu'une fois les bougies et le delco révisés, ça ne marchait toujours pas. Boris nota avec stupéfaction, sinon dégoût, que la clef était toujours sur le tableau de bord, et que par conséquent elle avait dû y rester pendant tout ce temps, sans que jamais personne ne s'en préoccupe, sans même la crainte qu'on le leur fauche…

— Vous savez, je ne voudrais pas vous embêter avec cette histoire… Vous n'avez qu'à laisser tomber, ce n'est pas grave…

Boris opposa une obstination, une application qui surprit le père.

— … Mon idée était juste de voir s'il tournait

toujours, n'allez pas perdre inutilement votre temps, et surtout n'allez pas vous salir, au pire je ferai venir un mécano de l'arsenal.

— Vous allez voir, deux petites secondes et ça marche…

Le visage du père s'épanouit de plus belle. Cette application le confondait, d'autant que son Riva, il n'avait même pas vraiment l'intention de s'en servir, il ne se voyait pas monter dessus pour prendre les commandes, même si l'idée le tentait bien un peu…

— Au fait, j'y pense, vous avez peut-être votre permis bateau vous-même ?

Boris mentit en répondant oui. De toute façon des hors-bord il en avait déjà pilotés, toujours ceux des autres, mais sans doute avec mille fois plus de délectation que les propriétaires eux-mêmes.

Après bon nombre de tentatives de démarrage, toujours aussi infructueuses, Boris vint s'asseoir à côté du père, sans un mot, tous deux profondément déçus. À partir de là ils ne firent rien d'autre que de contempler cette coque passablement reluisante, ces chromes et ces vieux cuivres qui s'obstinaient à plaire, ces longues banquettes au cuir lépreux mais d'un vert anglais, chic malgré tout… Même mal en point, même sans le feulement du douze cylindres, le runabout faisait précieux, malgré cette négligence qui l'avait dégradé, malgré cette saleté et ces entailles qui entamaient ses lignes, c'était bien une pure merveille qui ondulait là, ballottée par le mouvement léger de l'eau, comme s'il se savait regardé, comme s'il les aguichait… Boris ressentait les images d'une nostalgie qu'il n'avait pas, il imaginait les vacances qu'ils avaient dû passer à bord, le père avec trente ans de moins, les filles en socquettes blanches, les heures de ski nautique et les pique-niques improvisés au hasard de l'archipel… Et Philip au milieu de ce tableau-là, un sale môme déjà contaminé par une trop grande facilité, cette aisance qui le faisait déjà sortir du lot, cette prédominance que par la suite on se chargerait bien de réévaluer, jusqu'à le mettre minable… C'était presque une revanche de voir le bateau aussi mal en point, ça lui permettait d'expier ses propres souvenirs de vacances, des étés passés dans de tout autres cadres, des séquences de vie à déjouer l'ennui… De pouvoir conduire ce petit bijou aurait valeur de réparation.

— Vous savez, je vous dis ça à vous, je sais que vous êtes un garçon solide, mais c'est moi qui ai demandé aux gendarmes de venir ce matin… Le corps qu'ils ont retrouvé ce matin, c'était bien celui d'un homme qui a essayé de rallier l'île à pied par *la cuisse des dames*, un passage que seuls les initiés connaissent et qui s'emprunte à marée basse, et pour tout vous dire, à un moment je me suis demandé si par hasard ça n'était pas…

D'un mouvement ferme Boris posa sa main sur la cuisse du vieux.

— Allons… Et puis de toute façon vous savez bien que c'est un très bon nageur.

— Peut-être, mais en pleine nuit… Comme il n'y a plus de navette à partir de huit heures, il n'y a pas le choix… Et puis vous le connaissez, le soir il n'est pas dit qu'il soit à jeun…

— Mais il aurait téléphoné pour dire qu'il était dans le coin…

— Philip n'est pas du genre à s'encombrer de formalités…

— Au pire il aurait bien trouvé un pêcheur ou n'importe quel plaisancier pour le déposer…

— Oui, sans doute… Disons que cela m'a juste traversé l'esprit, mais gardez cela pour vous.

Boris se frotta énergiquement les mains pour effacer les traces de cambouis et se mit à fouiller dans les poches de son pantalon. À cette occasion le père nota que le blanc était nettement moins franc que la veille, nettement moins immaculé, les sièges du Riva l'avaient sacrément compromis, de s'être mis à genoux pour tripoter le moteur…

Le moteur, à coup sûr il était foutu, le père y voyait la métaphore de sa propre vigueur, ce manque de désir qui petit à petit le déportait vers le bord, pour finir d'osciller à fond de cale, comme un vieux hors-bord en carène...

À cause de la toile serrée de son pantalon, Boris devait forcer pour glisser la main dans sa poche. Il en sortit un paquet de cigarettes complètement ratatiné, et songeur s'en cala une entre les lèvres. Le père refusa celle qu'il lui tendit, répondant distraitement qu'il ne fumait plus depuis vingt ans, par contre il sursauta en entendant l'allumette... Il souffla sur les doigts de Boris, lui désignant tous ces bidons qu'il y avait là, cette essence à laquelle ni l'un ni l'autre n'avaient songé... C'est de là que partit leur fou rire, un profond soulagement.

Allongé dans l'ombre du salon, André-Pierre récupérait, livide, plombé par ce malaise qui ne passait pas. Depuis toujours il se savait sujet aux crises de tétanie, le genre de symptôme qu'un homme n'aime guère avouer, d'autant qu'il n'en avait pas eu depuis près de quinze ans, depuis la fin de ses études en fait, une époque où il se sentait furieusement vulnérable, parce que la tétanie attaque là, au cœur de l'être qui chancelle, elle glace la fibre du désarmé, elle le plie au moment de se défendre... Il en était à se dire que le pire ennemi sommeille souvent en soi, qu'il ne s'en connaissait pas de pire, et que si ça se trouve, il n'en avait pas d'autre.

Seule la mère semblait vraiment se préoccuper de son cas, toujours est-il que c'est elle qui jouait les infirmières en restant près de lui, elle qui lui avait administré de l'aspirine, elle qui lui promenait un gant glacé sur le front... Il ressentait toute la médiocrité de sa posture, d'autant que l'incident ne semblait pas atteindre les autres, il n'entamait en rien l'humeur qui règne dans une maison dès lors que le soleil tape dehors, que la piscine ondule au bas des marches, que la mer scintille pas loin… Sa femme, il la sentait accaparée de préoccupations balnéaires, alors il sollicitait la mère pour qu'elle reste là, qu'elle ne s'éloigne pas trop, abusant de cette mansuétude que les plus impressionnables vous concèdent dès lors qu'ils savent que vous allez mal.

Alors elle était là, excessivement concernée et docile, toujours pas soulagée du réflexe de s'occuper des autres.

— … Vous ne voyez pas que ce type est bizarre, vous ne voyez pas cette façon qu'il a de tourner autour de Vanessa…

— À la bonne heure, vous voilà jaloux maintenant… Si elle savait ça, elle serait sûrement flattée…

— … Je ne plaisante pas, mais enfin vous trouvez ça normal que Philip ne soit pas arrivé, si ça se trouve il ne viendra pas, si ça se trouve il se cache en attendant que l'autre ait fait son travail, ou alors…

— Mais qu'est-ce que vous racontez, mon petit Pierre…

— Ou alors il lui est arrivé quelque chose…

— Pensez-vous ! De toute façon vous connaissez Philip… Rappelez-vous, l'année dernière il n'était arrivé que le matin du 14 juillet, et en quelques heures tout était en place, le soir même il tirait son feu d'artifice… Ne vous en faites pas, vous verrez qu'au pire, demain matin il sera là… Dans le fond c'est un garçon sérieux vous le savez bien, en fin de compte il est toujours là quand il faut ; et c'est bien ça l'essentiel, vous ne croyez pas ?

Alors qu'André-Pierre faisait l'effort de se relever, sans rien exagérer de la difficulté, il y eut dehors comme une détonation, un crachement tubulaire suivi d'un rugissement qui se répercutait en écho… Il reconnut le huit cylindres du Riva qui s'emballait plein gaz, déchirant l'espace de son feulement rauque et pétaradant… Le bruit était tel qu'il semblait envahir toute la côte, arrosant les environs d'une arrogance suprême, mais quel abruti pouvait pousser si fort les régimes, donner des coups d'accélérateur comme des salves…

Dans le fond ce gars-là n'en finissait pas de prendre l'avantage… André-Pierre se laissa ravaler par le canapé, réalisant comme une évidence que ce Boris, bien que parfait inconnu, avait su s'imposer en quarante-huit heures, en quarante-huit heures il était ici comme chez lui et marquait tout de son empreinte, il enchantait les uns et distrayait les autres, alors que lui-même, lui qui fréquentait la famille depuis plus de dix ans, il s'y sentait toujours aussi peu à l'aise, aussi décalé, absolument pas en phase avec les préoccupations de qui que ce soit ici, pas même celles de sa femme, ni de ses propres enfants... C'était bien ça le plus écœurant, cette facilité avec laquelle il leur plaisait à tous, que ce soit pour les balades du soir ou la réparation des bateaux, que ce soit pour bronzer quasiment à poil ou sauter à pieds joints dans la piscine, ce type-là était le copain idéal, et pourquoi pas l'amant, ou le gendre.

Retranché dans la pénombre, il se trouva plus dérisoire que jamais, parfaitement inadapté, tétanie ou pas il en était déjà à l'admettre ; ce Boris était bien plus à sa place qu'il ne l'était lui-même. L'image qui lui venait, c'était celle du fauve qui empiète sur le territoire d'un autre, de ces fauves dont le seul objet est de dominer la meute, de rameuter les femelles, définir les proies... Peut-être même qu'en ce moment les filles le regardaient faire, peut-être même qu'elles étaient à bord, avec lui aux commandes, torse nu, tenant en main deux cents chevaux qui n'étaient pas les siens...

— ... Mais le bateau n'a pas été révisé depuis deux ans, il est complètement inconscient, mais allez lui dire, bon sang...

La mère était un peu déçue de le voir se mettre dans un état pareil, d'autant plus qu'il l'avait habituée à plus de réserve, son impassibilité et ses bonnes manières l'excusaient d'être aussi distant, certes il n'était pas chaleureux mais jusque-là il avait toujours été fiable et rassurant. Jamais elle n'aurait supposé qu'il puisse un jour se montrer aussi dolent et décontenancé, pas loin de chialer…

Elle lui prit la main et lui demanda ce qui n'allait pas. Avec tout ce qu'elle savait de la compassion, elle lui demanda même de se confier pour une fois, de se laisser aller.

— Je ne sais pas, ça n'est bien sûr qu'un pressentiment mais ce type m'a l'air douteux, en tout cas je suis sûr qu'il n'a jamais mis les pieds à Buzenval.

Les deux sœurs déboulèrent des étages, sautillantes et radieuses. Elles avaient passé la même robe, une robe de plage bleu pastel qui découvrait leurs jambes bronzées. Chaque jour elles attendaient la toute fin d'après-midi pour aller à la plage. André-Pierre s'étonna de ce qu'elles n'emmènent pas les enfants avec elles, et c'est là qu'elles lui répondirent avec cette parfaite insouciance, cette indolence qui assiège après avoir fumé un joint.

— Mais ils sont partis faire un tour en bateau, pourquoi…

Quand en prime il apprit que le beau-père n'était pas à bord, que ses deux enfants étaient donc livrés à l'autre dingue, l'autre maboul complètement défoncé, probablement lancés à plus de trente nœuds sur une mer jalonnée d'écueils, l'autre qui avait sans doute projeté de kidnapper les gosses avant d'avoir à supprimer le beau-frère… D'un coup lui vint la force de se relever.

Au travers de la baie vitrée on embrassait toute la baie, des kilomètres et des kilomètres de mer pétillants de reflets, et au milieu de ça des myriades d'embarcations qui filaient de toutes parts, un mikado de sillages, indéchiffrable. Des hors-bord dressés au bout de leur zip, des voiliers filant doux, d'autres au mouillage, trop sans doute, et tous tellement petits, vus d'ici, quasiment identiques. En plus, un soleil rasant plaquait là-dessus comme un miroir, comme si chacun des fragments de sel se mettait à piquer, occultant le panorama de toutes ces luisances.

À force de s'agiter comme ça, il avait fini par semer le trouble, d'autant que les gosses n'avaient pas pris leurs gilets de sauvetage. Pour mieux les culpabiliser, il sous-entendit que de toute façon, avec ce qu'elles avaient fumé, elles ne réalisaient rien de la situation, pour les toucher plus encore il exhiba les deux malheureuses brassières, deux pauvres petites tenues qui pendaient comme deux prises, tellement vides qu'elles en devenaient pathétiques.

L'inquiétude est la goutte de citron qui fait tourner le litre de lait, une simple prémonition et c'est tout l'été qui chavire, d'un coup les cris du dehors n'étaient plus gais mais acides, la mer trop profonde, le soleil déplacé… Vanessa s'indigna de l'alarmisme de son mari, balançant sur un coup de colère qu'elle en avait marre de vivre avec un rabat-joie, en même temps elle ne put s'empêcher de se sentir coupable, coupable y compris de ces petites robes légères qu'elles avaient longuement choisies, coupable de cette demi-heure passée à les essayer toutes, d'avoir songé à plaire…

Au bout du parc, ils passèrent en revue les trois cent soixante degrés du panorama, les yeux brûlés par la réverbération ils balayèrent le point de vue à la recherche du Riva. Pour voir au loin ils ne trouvèrent rien d'autre que les jumelles en plastique rose des gosses, un petit jouet fragile qu'André-Pierre saisit avec une émotion cruelle. Les jumelles roses passaient de main en main, dérisoires, on n'y voyait rien.

*

La mère, tout en rangeant le petit dispositif médical qu'elle avait répandu au pied du divan, réfléchissait à tout ça. Plus que tout c'est André-Pierre qui l'inquiétait, finalement elle le découvrait encore plus vulnérable, encore plus désarmé qu'elle ne l'avait supposé. Un tel manque de sang-froid, une telle vulnérabilité, et qu'il soit à ce point déstabilisé par le moindre inconnu, tout cela entamait rudement l'image qu'elle avait de lui, jusque-là elle le tenait pour un des piliers de la famille, tout autant que de l'entreprise. Ce qu'elle découvrait là de son gendre était d'autant plus préoccupant qu'elle attendait de lui de veiller sur sa femme et ses enfants, il va sans dire, mais aussi sur Philip, et sur elle-même pourquoi pas... Quant à douter de ce Boris, douter d'un ami de Philip, pour elle ça revenait ni plus ni moins qu'à douter de son propre fils...

Tout de même, elle posa ce qu'elle avait en main, prit ses lunettes sur le meuble du salon, et remonta dans les étages. La chambre des petits était grande ouverte. Par terre gisait tout un méli-mélo de feutres de couleur qui n'y étaient pas tout à l'heure. Au milieu de ça, la photo de la chorale était toujours là, mais maculée de gribouillis et d'affreux dessins, des tas de barbes dessinées aux mentons de ces parfaits communiants... Des barbes mais pas seulement au menton, sur les joues aussi, sur le nez, sur la tête entière, si bien qu'au total il ne restait plus que des rangées de silhouettes avec au-dessus du tronc, rien d'autre qu'un barbouillage qui leur mangeait le visage.

Pour eux c'était une première. Jamais ils n'avaient ressenti cela, jamais ils n'avaient à ce point éprouvé l'incidence des grandes vitesses… Une véritable découverte que de sentir ces à-coups sous la coque, et cette ivresse au moment de survoler la vague, ce fracas sourd en retombant à plat. Ce qui les fascinait aussi c'était cette façon interminable de ne pas toucher l'eau, de glisser juste au-dessus, un genre de prodigieux ricochet où ils s'étaient substitués au galet.

C'était encore plus fort, encore plus exaltant que ces attractions de fêtes foraines que leur père leur refusait toujours, bien plus saisissant en tout cas que ce qu'ils savaient des manèges et des attractions. Là, une dimension nouvelle s'ouvrait à eux, là les secousses étaient d'une tout autre échelle, le bruit du moteur les parcourait de vibrations inédites, d'une force incontrôlable, jamais éprouvée jusque-là, et ces moments de pur vol plané leur arrachaient des cris qu'ils ne contrôlaient pas, des cris en même temps que des rires, des rires d'effroi ou des cris de joie ils ne savaient plus, ils ne savaient rien, sinon qu'ils ne voulaient pas s'arrêter... En tout cas ça les changeait rudement de la petite flottaison gamine des matelas pneumatiques, ces après-midi passés dans le refrain des vaguelettes, le grand air qui leur cinglait les oreilles était inépuisable, une gifle longue de plusieurs kilomètres, juste pour rire, et par-dessus tout cette exaltante sensation, cette certitude de faire une bêtise...

C'est la reconnaissance des éléments, dès lors qu'on se met à les toiser, dès lors qu'on les surclasse en giclant dessus, ils vous relancent d'ultimes sensations, une influence qui fait qu'au-delà de l'appréhension s'entrouvre une béance, une avidité qui catapulte bien au-delà de l'intention. Et la peur dans tout ça, il n'y en a plus, elle est devenue ce ferment qui décuple, ce fumet qui exacerbe l'envie. Boris avait bien sûr le goût de ces sensations, immanquablement lui venait le besoin d'aller plus loin, de pousser à bout l'expérience, comme si en sa possession, toute chose devenait l'exutoire d'une insatisfaction maladive, comme si tout ce qui lui passait entre les mains devait à un moment ou à un autre en souffrir, devenu la proie de ce caractère insatiable. D'ailleurs, vint le moment où pour les gosses tout bascula, d'un coup la démesure de ce grand animal dépassa largement la tolérance de deux petits êtres de cet âge-là… Ils passèrent d'abord des éclats de rire à la perplexité, promenant une moue éteinte sur cette mer expéditive, et brusquement ce furent les pleurs, d'un coup ce furent les larmes, les cris et les incantations, par petits mots tordus ils implorèrent leur mère, comme si d'une façon plus ou moins immanente ils l'avaient toujours là, comme s'il leur suffisait de l'appeler pour que le manège s'arrête.

Boris continuait de plus belle, visant de sa vague les voiliers alentour, ciblant les plaisanciers pour passer au plus près, chahutant les coques de son sillage nerveux, comme s'il balayait là tous les souvenirs de plage qu'il avait de son enfance, ces moments de rancœur à regarder les bateaux depuis le bord, et ses parents qui ne ressentaient rien de l'insolence, trouvant déjà extravagant de pouvoir perdre une poignée de jours au soleil…

Mais ce coup-ci c'était son tour de filer, c'était à lui de tracer au large des plages, cette fois elle venait de lui l'écume odieuse qui agaçait tout le monde, c'était lui qu'on regardait depuis la rive, avec un mélange de réprobation et de convoitise, lui qui tenait le volant d'une main, jamais aussi à l'aise que dans le rôle de l'extravagant…

Il avait ça, ce besoin de frôler, de s'approcher

des autres comme d'une bougie avant de souf-
fler. Pareil pour son passé, s'il ne souffle pas sur
les dernières braises vivaces, il sait que la brûlure
reviendra, où qu'il regarde il se brûlera.

Plus au large il alla titiller la flottille paisible
des plaisanciers au mouillage, les secouant en
leur passant au ras, preuve qu'un fringant ketch
de treize mètres n'est rien à côté de ce monstre
qui lui bouillait entre les mains, un hors-bord
disposé à tout pourvu qu'on ose, pourvu qu'on
ait le courage de pousser à fond les gaz, deux
poignées d'ivoire parfaitement rondes au toucher, d'une docilité insolente… Dans tout ça les
hurlements des gosses n'étaient qu'une frénésie
de plus, perdue dans les autres, absolument ina-
perçue.

Le père remonta du hangar par le petit escalier taillé à même la roche. En rentrant il trouva
à sa femme un air qui ne lui convenait pas, une
ombre sur ce visage qui depuis toujours mani-
festait le parti pris d'aller bien. Elle jeta un œil
à ces affaires que le père portait sur l'épaule, le
pantalon et la chemise de Boris, avant de les passer vite fait à la machine. Elle eut beau retourner les poches et fouiller les recoins, elle n'y
trouva rien, tout juste des poussières de tabac et
un paquet de cigarettes, un paquet de feuilles à
rouler.

— Tout de même, c'est étrange qu'il sorte

sans portefeuille, sans pièce d'identité, pas un centime sur lui...

Pour toute réponse le père poussa un soupir aussi désespéré qu'ironique, en guise de commentaire il dit qu'il se sentait en pleine forme, comme jamais, d'ailleurs il montait dans sa chambre pour essayer de remettre la main sur les papiers du Riva, après tout peut-être qu'il le ferait réviser pour s'en resservir, en tout cas de l'avoir vu hors du hangar lui avait donné envie de se bouger.

Dehors André-Pierre ne tenait pas en place, il n'en finissait pas de scruter la baie, passant d'un bord à l'autre pour ratisser tous les points de vue. En le voyant par la baie vitrée, la mère conçut une pensée de circonstance, une divagation qu'elle évacua d'un haussement d'épaules, mais tout de même, elle y avait pensé, savoir quelle attitude il aurait dans un cas extrême, comment réagirait-il si un jour on s'en prenait à ses enfants, jusqu'où il irait pour les récupérer... C'était idiot, tellement idiot qu'elle voyait là la marque de ce gendre approximatif, ce tort sournois qu'il leur faisait à tous à force de craintes et de suspicions ; après tout son attitude revenait à ça, à gâcher une après-midi de rêve, un moment de vacances idéal en contaminant tout le monde de ses arrière-pensées...

Déjà elle s'en voulait d'avoir pensé ça.

Pour la première fois elle lui en voulait.

C'est Vanessa qui aperçut le Riva qui revenait par l'ouest, il fusait droit dans l'axe… De voir ce spectacle au travers des jumelles, ses deux petits êtres qui rebondissaient sur la banquette arrière, lui arracha un cri de joie… Très vite elle passa les jumelles à Julie. Quant à André-Pierre il n'en voulait pas. À distance il suivait ça sans enthousiasme, sans plus la moindre ressource pour la colère ou la miséricorde. C'est qu'il était déçu, fâché de perdre là, en plus d'un prétexte d'en vouloir à ce type, l'occasion unique de le faire détester de tous.

À coup sûr les faits lui donnaient tort. Pour le reste il n'était plus sûr de rien, il n'était même plus très sûr de ses intuitions, ni d'en avoir jamais eu, sinon à propos de cette famille, cette certitude qui lui était venue dès les premiers jours où il avait travaillé pour eux, réalisant à quel point la configuration était bénie, qu'il y aurait là le cadre pour exhausser toute ambition. Après coup il n'ignorait pas tout ce qu'il y avait eu de calculs dans sa démarche, pour être honnête, sans illusion sur sa nature, il se savait doué pour les stratagèmes, de là sans doute sa manie de toujours en supposer chez les autres. Nul mieux qu'un loup sait deviner la faim d'un autre.

À l'approche de la côte le Riva avait ralenti, il glissait dans le couchant sans plus la moindre secousse, stabilisé sur l'eau lisse, la conduite feutrée. Bien droits au-dessus du pare-brise, debout sur le siège, se dressaient deux petits gladiateurs, vainqueurs, les capes au vent et les épées pointées vers la maison, deux belles panoplies fraîchement achetées, fringantes comme un caprice.

— Les voilà, hurla Julie à son père, qui suivait tout ça depuis sa fenêtre juste au-dessus...

— Je vois je vois, répondit-il paisible, considérant de haut ce tumulte stérile qui venait de secouer sa maison. Tout de même, il avait noté que Boris était remonté vers l'île sans du tout respecter le chenal, carrément hors des bouées, ce qui à marée descendante était tout de même sacrément irresponsable.

Voilà près de dix fois que depuis la terrasse une voix leur demandait à tous de passer à table, une consigne que les uns et les autres répercutaient dans une urgence distraite, sans obéir pour autant. En sortant de sa chambre le père aperçut Boris à l'autre bout du couloir, entre les deux portes du salon bleu, une pièce où on ne va jamais l'été. Sans très bien le voir il présumait à coup sûr ce qu'il était en train d'admirer, il le savait dans l'axe même de la vitrine. À pas serrés le père marcha doucement vers le salon, il aimait ménager ses effets de surprise...

— Alors vous ne mangez pas ?

— Si, si bien sûr, je regardais juste.

— C'est impressionnant, n'est-ce pas... Il y en a même un du XVIIᵉ siècle.

— Celui-là sans doute ?

— Exactement... Et vous-même vous en avez, je veux dire, vous vous y connaissez un peu ?

— Pas du tout.

— Pourtant j'aurais juré...

Le père glissa sa main sous la vitrine, et du bout des doigts en ressortit une clef.

— Simple précaution, pour les enfants vous comprenez... De toute façon les cartouches sont dans ma chambre, les balles aussi d'ailleurs, jusqu'au 9 mm...

Boris feignit de s'intéresser, d'autant que le père l'invita à épauler une carabine, comme s'il avait affaire à un connaisseur.

— Vous ne remarquez rien.

— Non.

— Les trois canons : deux lisses et un rayé...

Boris feint une mimique admirative.

— Quel intérêt ?

— Eh bien d'avoir deux calibres, un gros et un petit sur la même arme, à la chasse on ne sait jamais sur quoi on peut tomber...

— Vous chassez...

— Disons que la chasse était une tradition dans la famille, mais pour ma part je n'ai jamais chassé que les gibiers qui me considéraient eux-mêmes comme une proie... À la propriété nous n'en manquions pas, vous savez, surtout les sangliers, rien ne m'exaspère plus que ces genres de prédateurs qui dévastent tout, sans discernement...

Boris feignait de viser une des faïences qu'il y avait de l'autre côté, et le père ne cessait de corriger sa position, comme s'il s'agissait de s'exercer vraiment.

— Non, plus loin votre main, le bras plus bas, voilà…

— En somme c'est de l'autodéfense…

— Vous avez tout compris. Et vous-même, vous chassez… ?

— Non.

— Pourtant j'aurais cru…

— Je n'ai jamais chassé.

— Il doit bien y avoir des gibiers que vous ne dédaignez pas…

— Disons…

— Non, ne cherchez pas trop votre réponse, n'essayez pas de la formuler en fonction de ce qui me ferait plaisir…

Une voix venue de la terrasse supplia qu'on passe enfin à table. Boris en profita pour replacer la carabine dans la vitrine…

— Une seconde, épaulez-moi donc celle-là, avec la lunette de visée, très légère vous ne trouvez pas ; pour quelqu'un de mon âge c'est parfait… Le seul problème c'est que l'effet de recul est terrible, et avec l'arthrose ça ne pardonne pas…

— Mais vous vous en servez toujours ?

— Sur une île les prédateurs se font rares…

Boris ajusta une à une les poteries, ravi comme un gosse par le faisceau de lumière rouge qu'il déplaçait de cible en cible, un vrai jeu.

— Pour être honnête, ça tient plus du gadget

qu'autre chose, en fait ça n'a pas de sens de pré-
tendre ajuster un sanglier à la lumière rouge, à
moins qu'il soit assez coopératif pour rester sur
place, ce qui est rarement le cas, ces espèces se
sentent toujours observées, jamais tranquilles.
Tenez, pointez donc le faisceau sur la soupière
et tentez de ne plus bouger, c'est difficile, n'est-
ce pas…

Essoufflé d'avoir monté le grand escalier,
André-Pierre tomba sur cette vision-là, l'autre
épaulant une carabine et faisant le tour de la
pièce pour tout viser… Il leur dit que la mère
attendait qu'on passe à table, ça devenait urgent, non pas à cause d'une soupe qui refroidissait mais d'un gaspacho qui risquait de
s'échauffer. Sans trop insister il attendit que le
père replace la carabine dans la vitrine, qu'il
referme scrupuleusement la vitre, et glisse la petite clef en dessous.

II

— *Tu me donnes tout et en échange je te pro-*
tège...
— *De qui ?*
— *De moi.*

Tout de même, il avait réussi à les entraîner tous, tous à la plage comme s'il n'y avait que ça à faire, qu'il s'agissait d'un but en soi. En plus il avait soumis l'idée du pique-nique, en y ajoutant si possible la contrainte de partir de bonne heure histoire de se trouver une bonne place, d'emmener tout ce qu'il faut à boire et à manger, comme si le projet était de réellement y passer la journée. C'était d'autant plus facile qu'il n'y avait que l'escalier de la falaise à descendre et le sable était juste là, en contrebas de la propriété. La folie en la circonstance venait justement de l'humilité du projet. Manger à la plage, comme tous ces gens qui ne font que ça à longueur d'été, pas d'autres projets que de passer tous les jours à la plage. Quand il avait lancé l'idée hier soir, ils avaient tous été surpris, puis très vite conquis finalement, réalisant que si depuis toutes ces années ils n'avaient plus passé une seule journée sur la plage, c'est aussi que personne n'y pensait.

En suivant les préparatifs, le père s'était cru remonté dans le temps, à cette époque où il devait accompagner les enfants au bain de mer, parce que les bateaux n'étaient pas encore achetés, la piscine pas encore construite. Les filles avaient ressorti ces nattes en rabane qui depuis longtemps ne servaient plus, elles avaient une simple robe boutonnée, un maillot deux-pièces en dessous, tout léger. André-Pierre n'osait plus trop la ramener. André-Pierre suivait le mouvement. Par crainte d'une trop apparente dissidence il n'opposait pas la moindre réaction, il s'était même muni de deux bouquins, histoire de passer le temps, un roman et une méthode d'échecs, dans laquelle il s'était très vite plongé, comprenant mal cette facilité qu'avaient les autres de se jeter à l'eau, les autres qui ne souffraient même pas d'apparaître en maillot de bain, des tenues que pour sa part il vivait mal, ne supportant pas le soleil, trouvant la mer toujours froide. Le pire c'était cette ambiance quasi foraine qui régnait là… Tous ces gens en slip et ces gosses partout, à toujours pousser des cris et à courir en tous sens, ces gosses qui s'arrosent, qui s'aspergent, qui passent du sable à l'eau sans souci de transition, des gosses qui se croient chez eux, qui vont même jusqu'à vous courir sur les pieds pourquoi pas, vous asperger de sable ou d'eau, dans une totale permissivité... Du coin de l'œil il observait cette famille qui était la sienne, avec encore un peu plus d'incrédulité que la veille, sans plus du tout s'y reconnaître. C'est vrai que dans cette configuration, Boris était parfait, il rythmait les jeux des enfants, leur trouvait des choses à faire, il avait toujours une attention pour le père, toujours le bon mot, le père qui mettait un temps fou à rentrer dans l'eau, il chahutait même avec la mère, sans retenue, alors qu'elle nageait consciencieusement le long du rivage il s'amusait à lui passer en dessous, à réapparaître juste devant, et ça la faisait rire, pareil avec les sœurs, et ça les faisait rire, n'importe quoi...

Dans cette ambiance, Boris était encore plus mobile que jamais, il passait de l'eau au sable comme s'il n'y avait pas de partage, aussi à l'aise dans les deux cas, les mains mouillées il arrivait même à s'allumer une cigarette, et à retourner avec dans l'eau. Il y a des êtres comme ça, dont le corps est dans son élément partout, où qu'ils soient ils glissent, ils se meuvent sans à-coups. C'est là que par pur paradoxe, la convoitise ajoute à la répulsion. C'est vrai que comme ça, rien qu'à voir le miel de ses épaules brunies, à voir ces formes de moulures que dessinaient ses muscles, cette harmonie qui émanait de chaque pose, il concevait qu'une femme puisse avoir envie de toucher.

Entre hommes, de cette fascination peut naître le désir de côtoyer l'autre, de s'en faire un pote, participer de sa force rien qu'en le fréquentant. D'ailleurs ce genre de types a toujours des potes, où qu'ils aillent ils se font des amis, c'est chez eux une sorte de disposition naturelle, une manière d'attraction. Fréquenter ce beau gosse, c'est s'approprier un peu de son pouvoir, participer de sa prédominance, pas de doute que Philip, influençable comme il l'était, avait ressenti cette attirance, Philip qui était à l'affût de tout ce qui brille, qui révérait le pouvoir, quel qu'il soit, tout ce qui de près ou de loin participait à le mettre en valeur.

Les deux sœurs jouaient dans les vagues avec les gosses, le père promenait ses rhumatismes en marchant le long de la rive, Boris parlait avec la mère sous le parasol juste à côté, il lui parlait de shiatsu, proposait de la détendre en passant ses paumes à certains endroits, entre les omoplates, il désignait la zone d'un doigt... Ce mec-là était infernal avec sa manie de toucher, de considérer toute chose comme abordable. André-Pierre avait de plus en plus de mal à se concentrer sur son problème d'échecs, gêné d'être si près de la belle-mère et de l'autre qui la massait pour de bon, qui promenait ses mains sur son dos soi-disant pour la détendre, la mère en tout cas fermait les yeux, détendue réellement.

André-Pierre eut un mouvement de rejet. Il s'allongea et posa son livre sur ses yeux. Adouci par le refrain des vagues, le petit souffle de vent, il tentait d'évacuer tout ressentiment. Au travers des bruits il comprenait tout ce qui se passait, le père qui parlait à on ne sait qui, les deux jumeaux qui piaillaient, les sœurs qui discutaient à mi-voix, la mère par moments qui riait. Pour la première fois il se laissait aller à s'assoupir vraiment, sur une plage, au milieu de tout ce monde…

— Alors mon petit salaud, on se la coule douce ?

En entendant ça il se redressa d'un bond.

Non. L'autre était toujours accroupi au-dessus de la mère, à lui pétrir la nuque.

La voix devait venir d'ailleurs, de ces gens à côté, ou de ceux-là.

Une fois le dîner fini, alors que tout le monde était en bas à traîner à table, tous plus ou moins alanguis par la tiédeur de la nuit, à l'étage c'est au dissolvant qu'André-Pierre restaurait la photo. Il avait toujours eu un faible pour les jeux de précision, les maquettes d'avion dans son enfance, les résolutions de problèmes d'échecs, avec la même application il avait mené ses études par la suite, et enchaîné tout le reste.

Méticuleux comme il l'était, cela commença de payer. Petit à petit les barbes jaunes et rouges se délayèrent sous le coton, s'estompant une à une. Sous une barbe verte il reconnut même Philip, plus de quinze ans après, dans le fond il n'avait pas tellement changé, toujours cette nonchalance, cette effronterie de ne pas poser. À ce visage familier succédèrent des rangées de visages tous aussi impubères, tous aussi inoffensifs et parfaitement inconnus, mais dans tout ça pas le moindre indice de l'autre, même pas dans la dernière rangée. Pourtant ce serait tellement plus simple qu'il soit là, de lui trouver une moindre coïncidence avec ce qu'il prétend.

Il avait beau s'acharner à raser tout le monde, à restaurer au mieux la photo, une fois la chorale parfaitement éclaircie une chose au moins était sûre, parmi tous ces visages-là il en est un qui n'y figurait pas, à moins de se dire qu'il avait beaucoup changé, de s'en convaincre de toutes ses forces.

C'est là qu'une fois de plus tout se bouscula, les suppositions le reprirent comme un mal de tête, car si ce type n'avait jamais fait Buzenval, s'ils ne s'étaient jamais connus là-bas, pour autant il ne redoutait pas l'arrivée de Philip, sans vraiment l'attendre il ne semblait pas l'appréhender… Ou alors ils étaient de mèche, tout était convenu entre eux, une manœuvre qu'ils avaient mise au point et qui le visait lui.

En bas on l'appelait pour le café, mais plutôt que de redescendre il se fit couler un bain, histoire de pouvoir tourner et retourner tranquillement ses hypothèses. Par la fenêtre montaient les bruits de la table. Une fois de plus les filles riaient à tout bout de champ, d'une façon exagérée, à coup sûr il les avait encore fait fumer, ils avaient dû se rouler un joint en douce, à l'écart au bord de la piscine, plusieurs fois il les a surpris qui s'isolaient là-bas, s'échangeant leurs volutes.

Une fois dans la mousse, trop tendu pour être à l'aise, il se sentait plus isolé que jamais, tranquille dans le fond, mais nu à en frissonner… Il refit couler un peu d'eau chaude. Parmi les bribes de conversations, tout d'un coup il ne retrouva plus Boris ; les filles, le père, la mère et les deux gosses oui, mais pas l'autre, depuis quelques minutes on ne l'entendait plus, on ne percevait plus le moindre éclat de rire, pas un moment de voix, à moins qu'il soit sorti de table, ou dans la maison pourquoi pas, juste là… Pure bêtise sans doute, mais tout de même, André-Pierre ressortit du bain pour mieux fermer le verrou. Ce qui le rongeait le plus c'était de ne pas pouvoir tout dire, révéler tout ce qu'il savait de Philip et de ses errements. Dans le fond personne ne savait rien de ses combines, personne ne supposait à quel point il faisait tout pour que Philip reste à distance, quitte à le payer pour ça, quitte à payer l'avocat, sans lequel il n'aurait pas pris dix mois mais deux ans… Pour le père, qui gardait tout de même un regard sur les mouvements de fonds, toutes ces sommes régulièrement versées sur un compte rémunéré de l'American Bank n'étaient là que pour parer à d'éventuelles prises de participations dans la Grande Vallée, de l'argent en avant-poste en quelque sorte… Jamais il ne lui avait parlé d'argent versé directement à Philip… En somme, tant que Philip resterait à l'écart, tant qu'il lui foutrait la paix dans l'entreprise, André-Pierre garderait toutes ces histoires pour lui, une modalité parfaitement étanche.

Dans l'eau qui refroidissait, il avait du mal à entrevoir l'intérêt qu'aurait Philip de lui envoyer un homme de main… Obtenir plus ? Ou lui faire peur ? Dans ces conditions qu'attendait ce sbire pour se manifester, pourquoi ne prenait-il pas les devants… À moins qu'il prenne tout le temps de goûter le confort, de se l'approprier un peu, jouir à volonté de la piscine, du bateau, du décor, et pourquoi pas du reste…

Du coup il se redressa d'un bond dans la baignoire, pour mieux tendre l'oreille en tout cas, parce qu'il n'était plus très sûr non plus d'entendre la voix de Vanessa. C'est vrai que depuis quelques minutes déjà il ne la percevait plus. Là-dessus il eut comme un frisson, un spasme qui lui parcourut le dos, la tétanie sans doute… Il referma la fenêtre.

Dans une eau de plus en plus tiède, par le procédé d'une intuition révoltante, il réalisait que d'ici peu il y aurait une forme de réalité qui ne lui échapperait pas, d'une façon ou d'une autre il faudrait affronter la situation, quelle qu'elle soit, se préparer au pire pourquoi pas…

Lui qui goûtait ses vacances comme un ultime confinement, lui qui chaque année se retranchait dans cette configuration douillette, menacé par rien, à bonne distance des apollons des plages et des sollicitations diverses, des vacances à l'image de sa vie dans le fond, voilà que pour une fois il avait peur… La présence de ce Boris c'était pire qu'une effraction, une blatte dans un lit de soie…

Il crut entendre deux voix qui se répondaient dans le couloir, des pas absorbés par la moquette… Et alors quoi ?

Regarder les choses en face ne changerait rien. Ce type-là avait su s'incruster, à partir de là il n'y avait plus qu'à le subir, attendre que la haine vienne, la laisser s'épanouir.

Il aimerait se consoler de son manque de courage, piquer une vraie colère, simplement dire à ce type qu'il le gênait, lui demander qu'il se barre, d'homme à homme lui parler. Des phrases simples dans le fond, mais terribles à dire.

Sans compter que d'ici peu il faudrait y rajouter Philip, un Philip sans doute décuplé par la présence de son allié, à deux contre un ce serait encore plus inégal…

L'eau était glaciale maintenant, il grelottait, sans plus se contrôler il grelottait… À moins que Philip ne vienne pas.

La balade de la toute fin de soirée, celle où on épouse à pas lents la nature éteinte, c'est là qu'on avance comme en dehors des choses, le temps ne compte plus, on progresse dans le recueillement profane, toute chose endormie, on glisse vers sa fatigue.

Ce soir le père ne se sentait pas de marcher. Tout ce qu'il voulait c'était rester là, goûter cette fraîcheur qui montait de la pelouse, guetter le souffle interrompu de la mer qui ce soir ne bougeait pas. Quant à la mère, la balade elle ne la faisait jamais. La peur du noir sans doute, le souci surtout d'aider la femme de ménage, qu'elle ne parte pas trop tard.

Ce soir, Julie elle aussi avait préféré rester là, sans même invoquer la fatigue, juste l'envie de papoter avec son père… Quant à Vanessa et Boris ils étaient partis de ce côté-ci de la falaise, le long du petit sentier qui épousait le rivage. Par là, la côte était absolument dégagée et déserte, pas la moindre maison pour occulter le grand large, pas de vraie plage non plus, coincée entre la roche et l'océan.

Boris ne connaissait pas ce coin-là. Ce qu'il savait par contre c'est qu'il est des moments où la question des scrupules est adoucie par la magie de l'instant, une distance soudaine qu'on prend avec soi-même, une permissivité de circonstance. Comme si le simple fait de frôler de trop près un corps inconnu rendait étranger à ses propres remords, à sa propre vertu. L'autre soir, Vanessa avait bien senti à quel point sa sœur et lui s'étaient rapprochés, elle avait parfaitement entendu ces allées et venues dans le couloir, si peu discrets. Elle savait s'aventurer sur un chemin déjà exploré, elle ne courait pas d'autre risque que celui de se prendre au jeu ; à ses pieds les vagues à peine plissées ondulaient sans conséquence.

Vanessa savait très bien qu'en prenant le bras de cet homme, Julie le saurait, peut-être même qu'elle le sentait déjà. Ce soir elle avait le goût de ressentir le même désir, de partager la même sensation, comme ça au moins elles n'en seraient que plus complices, complices de cette peau-là, complices de s'être rejointes au même point, confrontées au même péril, à la même poitrine, car c'est là maintenant qu'était sa tête, sur la poitrine de cet homme où elle n'était pas hier, mais une autre, prise dans les contours du même sortilège.

La mer, il y a longtemps qu'elle la rêvait sous cet angle, avec l'incidence de cette position-là, sa tête sur les genoux d'un homme, et cette diversion dans le regard, la certitude d'avoir face à soi un monde qui ne s'embrasse pas, et d'avoir tout contre soi bien plus troublant encore.

Elle l'avait rêvée autrement sa faute… Pour l'avoir mille fois envisagée elle se voyait fondre sur un homme, beau après tout, mais surtout déchaîné, avide, et pourquoi pas violent, et se paumer tous deux dans la folie d'un vœu exaucé… Alors que là elle ne bougeait même pas. Lui non plus. C'est à peine s'il lui caressait les cheveux, avec une indéniable application pourtant, signe que cet homme avait le sens de la valeur des choses, ce n'était pas un homme à abuser des situations, à galvauder ses dérives par des gestes ordinaires… Au contraire, cet homme-là captait tout de la valeur de l'instant, comme s'il mesurait l'exclusivité d'un tel abandon, comme s'il n'ignorait pas que c'était pour elle une première… Cette retenue l'émouvait plus que tout, au désir s'ajoutait l'empathie, dissuadant toute réticence… La première fois qu'une main revenait sur elle avec cette insistance, la première fois qu'une main redessinait son corps en n'oubliant rien, d'autant que cette main était puissante, une main faite pour le courage, une main exigeante qui ne la contraignait pas, mais s'imposait pourtant, irrésistible, une main, devenue familière en un instant, une main qui lui faisait passer toute idée de réticence, deux mains maintenant... D'emblée il avait fait le juste trajet qui va de la surprise à l'envoûtement, de l'emprise à l'abandon... Petit à petit elle se sentait céder, l'envie de se rendre lui venait aussi naturellement qu'une impatience, un crescendo de postures qui tout d'un coup ne supportait plus d'attendre... D'un coup elle le voulut, d'un coup elle en eut soif de ce corps, ce corps auquel elle s'agrippait pour ne pas souffrir du rocher en dessous, puis elle voulut le rocher aussi, elle se voulait prise par ces deux rochers-là, l'un rigide et froid, l'autre aussi souple qu'haletant, un rocher avec ses tentacules d'homme qui la portait jusqu'à la mer, car c'est sur l'eau maintenant qu'elle s'appuyait, dans l'évasion de ses repères, elle baignait dans l'abandon total, elle ne voulait plus que ça, respirer tout l'air du soir en se noyant un peu, lui ôter l'eau de la bouche puis respirer enfin, revenir sans hurler, reprendre son souffle sous la surface, suffoquer, flotter un temps dans ce passage qui va de la vie à l'asphyxie, et se laisser faire, faute de pouvoir s'accouder à la surface, elle se noyait dans quelque chose qui n'était plus de l'eau... Elle n'en avait même pas peur de ces bras-là, des bras qui avaient droit de vie ou de mort, mais qui la récupéraient juste au dernier moment, des bras contre lesquels elle ne pouvait rien… Elle navigua longtemps comme ça, de sa peau à la mer, désertée de certitude, mais ravie par le reste, et en particulier de se redécouvrir un souffle. Cet homme-là c'était l'été, aussi bien nu qu'habillé, la peau tannée et le sourire salé, les cheveux trop courts pour offrir d'autre prise que sa nuque, plus elle retenait son souffle, et plus c'est en elle qu'il s'enfonçait, un moment elle réalisa qu'elle n'avait plus pied, plus la moindre prise sur quelque élément que ce soit, excepté lui, le droit de vie ou de mort il l'avait de fait, peu lui importait.

Julie était toute seule maintenant. Dans la lumière flottante des flambeaux elle ne se désolait même pas. Sans rien faire elle les attendait. Elle les verrait probablement revenir par là. Au début, la lumière leur serait insupportable, alors ils se frotteraient les yeux. Puis pas à pas ils s'habitueront. Ils auront tous deux lâché cette main qu'ils se tenaient l'un de l'autre. Ils n'essayeront même pas de se composer une attitude, une quelconque façon de cacher quoi que ce soit. Ils s'assiéront là, si ça se trouve même pas côte à côte, ne parleront pas tout de suite, et porteront au visage ce même sourire fané, cette même gêne dissolue dans un air vague. Ils seront beaux. Ils auront soif. Ils ne vont pas tarder.

Ce soir, elle n'avait pas envie de dormir seule.

— Boris comment ?

Il ne savait pas.

— Et depuis quand a-t-il disparu ?

— Il n'a pas disparu, puisqu'il est à la maison.

— Allons bon. Alors comme ça vous voudriez qu'on enquête sur un bonhomme dont vous ignorez le nom et qui habite chez vous…

— Mais je suis le gendre de Monsieur…

— Je sais, je sais, mais ça n'est pas une raison suffisante pour qu'on enquête sur n'importe qui. Si encore vous déposiez une plainte je veux bien, mais sans cela… Nous ne sommes pas une agence de renseignements.

— Mais vous pourriez peut-être l'interpeller, juste comme ça, savoir ce qu'il fait là, lui demander ses papiers, je ne sais pas…

— Écoutez, je vous le répète, et malgré tout le respect que j'ai pour votre famille, je ne peux rien faire pour vous, maintenant pour ce qui est de savoir le nom des gens qui habitent chez vous et pourquoi ils y sont, je vous suggère quelque chose de très simple : vous n'avez qu'à le leur demander vous-même.

Le gendarme avait dit ça avec suffisamment d'ironie pour instantanément s'en vouloir.

— Vous savez bien que nous nous sommes toujours montrés très compréhensifs avec vous, l'année dernière nous n'avons même pas notifié quoi que ce soit au sujet de votre beau-frère, alors que franchement, on ne tire pas un feu d'artifice à moitié saoul ; et sans autorisation en prime. Non non, vraiment, je vous assure que nous serons toujours prêts à vous rendre service, mais franchement, de là à demander ses papiers à quelqu'un que vous hébergez… Et puis d'abord, qu'est-ce que vous avez à lui reprocher à ce bonhomme ?

André-Pierre ne répondit pas, s'estimant sans doute trop vexé. Surtout il ne voyait pas, il ne voyait pas comment formuler tous ses soupçons sans paraître excessif, fabulateur ou paranoïaque. En fin de compte il n'avait rien à reprocher à ce type, pas d'autre preuve que de ne pas l'avoir trouvé sur une photo, le seul reproche qu'il avait à lui faire c'était cette manière de tricher au tennis, cette aptitude à se balader torse nu, cette ostentation tellement naturelle, tellement dégagée, qu'elle en devenait révoltante… Ou alors évoquer cette façon qu'il avait de tourner autour de Julie, de sa femme aussi, basculer devant eux dans la jalousie, ce serait grotesque…

— Hein, qu'est-ce qu'il vous a fait ?

André-Pierre ressortit de la gendarmerie le menton dans le col, comme s'il craignait d'être aperçu. Il savait que cette démarche n'avait servi à rien, il ne devrait compter que sur lui-même pour étayer sa suspicion, accumuler les preuves, et en fonction de ça agir, sans plus chercher à se dérober.

À l'intérieur les deux gendarmes en parlaient déjà comme d'une blague. Le maréchal des logis qui était passé chez les Chassagne assura que ça n'était sans doute qu'une histoire de coucherie, de toute façon chez ces gens-là tout se résumait toujours à ça, à croire qu'ils n'avaient rien d'autre à foutre.

Le collègue aurait volontiers pensé la même chose, pourtant il avait bien senti chez André-Pierre le poids d'une crainte, une peur cachée, comme chez ces gens qui viennent porter plainte mais qui se rétractent au dernier moment, réalisant d'un coup la portée de leur démarche, des gens immédiatement affolés par la sémantique du procès-verbal, ce vocabulaire millimétrique qui sert à qualifier les délits et les crimes…

— … Y'en a, rien que le mot leur fait peur.

À son retour André-Pierre tomba sur une ef-
fervescence, une fébrilité générale qui dominait tout. En découvrant ça, il comprit avant
même qu'on lui dise. Toute famille recèle ses
animosités, toute communauté fermente ses an-
tagonismes, mais dès lors que l'un d'eux vous
rejoint en vacances, dès lors qu'après une longue séparation on se retrouve enfin, l'enthousiasme surclasse les raisons qu'on a de s'en
vouloir, et c'est comme ça qu'on se retrouve
piégés dans le mirage des retrouvailles.

Boris descendit en finissant de passer une
chemise, impérial dans cet escalier, André-Pierre
reconnut une des Dior que Vanessa lui avait
offertes, la blanche à façonnages discrets. Il affectait une décontraction, une apparente auto-
satisfaction, contrariée par rien, comme chez
lui. En voyant qu'André-Pierre était revenu de
Paimpol, il le gratifia d'une bourrade, excessive
de sympathie…

— Alors, bonne promenade ?

André-Pierre sentit tout le poids du sous-entendu, pourtant il ne pouvait pas savoir d'où il venait, évidemment qu'il ne pouvait pas savoir… Aussi peu à l'aise qu'un invité qu'on recevrait mal, il ne savait où aller, étranger à cette fébrilité ambiante, n'arrivant pas à s'y associer.

— Un petit Martini, ça te dit ?

Il ne fit que hausser les épaules.

— Tant pis pour toi, moi je me sers.

Les deux sœurs rangeaient le salon, affairées comme pour une grande occasion, belles encore une fois, une provocation de plus.

Histoire de ne pas trop jurer dans cette ambiance, il demanda à quelle heure arrivait Philip. L'heure exacte la mère ne savait pas, ce qui était sûr par contre c'est qu'il venait de téléphoner au marchand de couleurs pour s'assurer que toutes les fusées avaient bien été livrées.

— Au fait, il a aussi demandé que vous alliez les chercher, puisque le bateau remarche, vous pourriez peut-être y aller avec Boris, ça ne vous ennuie pas trop j'espère.

Il chercha le prétexte de dire non, mais déjà la mère lui tapotait une main reconnaissante sur la joue.

Ils durent s'y mettre tous pour le convaincre.
À croire que maintenant il avait peur du bateau,
ou soudainement le mal de mer. Le problème
c'est que Boris s'était déjà installé aux commandes, alors qu'André-Pierre voulait à tout prix pi-
loter, d'autant que le Riva il le connaissait par
cœur, pour l'avoir souvent manié du temps où
il faisait encore la cour à sa femme, n'hésitant
pas pour cela à naviguer des après-midi entières
pour dénicher la plus inaccessible des criques.
C'était l'époque où il ne pensait même pas à
mettre les gilets de sauvetage, l'époque où à dé-
faut de savoir parler aux femmes il savait pour
le moins les placer dans des décors inédits qui
lui donneraient l'avantage, de vrais trésors de
mises en condition… En ce temps-là c'est lui qui
prenait les initiatives, Vanessa ne faisait que le
suivre, sans même craindre de s'ennuyer, com-
blée ou presque, car si d'avance elle savait que
cet homme ne la rendrait jamais véritablement

heureuse, au moins elle se sentait équilibrée, tranquille… À l'époque, c'était déjà énorme.

En fin de compte ce sont les enfants qui le forcèrent à y aller, les enfants qui ne comprenaient pas pourquoi Papa refusait d'aller chercher toutes les belles fusées rouges et bleues pour illuminer le ciel demain, pourquoi il leur refusait ce plaisir… Donnant des coups d'accélérateur, Boris attendait froidement que l'autre se décide, sans intervenir, forçant un sourire plein d'ironie. Une fois résolu à embarquer, Boris lui laissa à peine le temps de passer sa deuxième jambe à bord que déjà il poussait le moteur plein gaz. Projeté sur la banquette arrière, André-Pierre suppliait pour qu'on s'arrête, qu'on fasse demi-tour, terrorisé par l'idée d'avoir oublié le gilet de sauvetage.

Curieusement calé sur le dos, au travers de la gerbe d'eau expulsée par la coque, il voyait ses enfants s'éloigner, ses enfants qui lui signaient des au revoir, ses enfants délayés dans cette cataracte qui giclait vers le ciel. Boris prenait exprès chaque vague de travers, hurlant des cris de cow-boy à chacun de ses rodéos.

À nouveau André-Pierre mesurait l'inconscience de ce type, une fois de plus il en faisait les frais, à croire que ce maboul lui était tombé dessus comme un sort, de ces maux qui vous atteignent un jour et ne vous lâchent plus, à croire qu'il n'était là que pour le persécuter, ou exécuter un dessein. Parfaitement incrédule, il ne le lâchait pas des yeux, croyant vivre là la séquence d'un film qui ne le concernait pas. Allongé, s'agrippant tant que possible à la banquette, alors que l'autre poussait le vice jusqu'à ne même pas s'asseoir sur le siège mais carrément sur le rebord, quasiment au-dehors, comme s'il cherchait à se faire fouetter par le plus d'air possible, décupler la sensation... Sans se retourner Boris lui parlait. André-Pierre n'entendait rien de ce qu'il disait, et pourtant il était sûr qu'une fois de plus il devait le charrier, encore une fois il devait le traiter de pépère ou pire que ça, c'est sûr, il se foutait de sa gueule et le tutoyait...

André-Pierre se releva pour passer à l'avant, et c'est là en enjambant la banquette qu'une violente secousse le projeta, il n'accentua qu'à peine sa trajectoire pour venir heurter Boris, Boris qui gicla d'un trait à la baille, comme un sac, déjà loin dans le sillage...

Rien n'est pire que ces gestes qui vous échappent, qui trahissent tout de votre vraie pensée. Deux secondes il pensa continuer comme ça. Deux secondes il pensa filer comme si de rien n'était, mais ce n'était pas possible d'assumer ça, d'autant qu'il ne l'avait pas fait exprès, ce n'était même pas vraiment une vengeance ou un coup de folie, rien qu'un déséquilibre...

Il ramena les gaz et vira à cent quatre-vingts degrés d'un coup sec. Boris était toujours bien là, insubmersible, inébranlable, même pas altéré par la peur ou l'incrédulité, il s'amusait même à cracher des giclées d'eau, aussi tranquille qu'un môme dans une baignoire. André-Pierre s'en rapprocha à petite allure, avec autant de répulsion qu'on approche d'un animal qu'on vient de renverser sur la route. Ne voyant pas ce qu'il convenait de dire dans ce genre de situation, se composant la tête mi-inquiète mi-étonnée de celui qui n'en revient pas, il alla même jusqu'à s'excuser, il lui demanda pardon pour une telle maladresse.

Une fois tout près de Boris il coupa le moteur, stabilisant le bateau du mieux possible pour lui tendre la main. L'autre la saisit d'une pogne terrible...

— Eh ben pépère, qu'est-ce qui t'a pris...

Il eut à peine le temps de sentir refluer ce mélange de colère et de répulsion que déjà il passait par-dessus bord, entraîné par cette force monstre que l'autre avait dans le bras, réalisant d'un coup combien l'eau était froide.

Bercées par le brouhaha qui remontait de la plage, un vacarme fait de jeux d'enfants et du roulement des vagues, les filles anticipaient les retrouvailles… Quelle attitude leur réserverait Philip cette année ? Celle pas trop nuancée du baba cool qui ne se cache même plus pour inonder son verre, et qui roule ses joints à table, les petites outrances périmées d'une révolte en hochet, des extravagances qui dans le fond ne choquaient plus personne… Ou bien celle de l'enfant gâté qui s'applique à se montrer docile, le fils subordonné et doux qui manœuvre pour obtenir ce qu'il veut, une année de plus de sursis financier.

À moins qu'une fois de plus il s'avère parfaitement incontrôlable, sachant que dans ces conditions-là il faudrait planquer la clef du bar et s'inquiéter jusqu'à pas d'heure de ne pas l'entendre rentrer. Ou alors laisser la clef, le laisser boire sur place, et au moins dormir tranquille en le sachant là…

Le marchand de couleurs ne trouva pas drôle de les voir débarquer trempés des pieds à la tête, et qui plus est, en plein milieu de sa coupure. Mille fois pourtant il leur avait dit qu'il ne rouvrait qu'à seize heures, qu'en aucun cas il ne voulait être dérangé avant. De toute façon, venant de cette famille plus rien ne l'étonnait. Et puis il en avait marre de leur rendre ce service ; d'ailleurs comme tous les ans il assura que c'était bien la dernière fois, que l'année prochaine ils n'auraient qu'à se les commander eux-mêmes leurs explosifs. André-Pierre, qui dégoulinait avec sa chemise et son pantalon, n'osant s'afficher en caleçon comme Boris, était à ce point confus qu'il proposa de repasser plus tard. Boris, lui, était déjà rentré, il flânait dans la boutique, inspectant l'endroit sous l'œil indigné du patron, à croire qu'il n'entendait rien des remarques. En faisant le tour du magasin il touchait à tout, hypnotisé par les mille curiosités qu'il y avait là, fasciné par ces assortiments d'outils, comme un gosse dans un magasin de jouets. Les manilles, les câbles, les tournevis, les marteaux, les pieds-de-biche, tous ces chromes et ces aciers reluisaient, tout ça scintillait, rendus précieux par l'aspect du neuf… Un à un il soupesait ces outils, les appréciant comme des objets de précision, essayant de définir lequel lui allait le mieux en main. C'est beau un marteau neuf. Les marteaux en général, ils sont toujours plus ou moins usés, déchaussés ou branlants, alors que celui-là était parfaitement immaculé, l'acier pur, absolument pas oxydé, le manche impeccable, tout en bois vernis, contondant et lisse comme le corps d'une toute fraîche épouse... Il empoigna aussi quelques pieds-de-biche, plus ou moins lourds, d'un métal froid, la simple prise en main de cet engin-là procure une énergie, une résolution qui mènerait presque à s'en servir, s'en servir sur n'importe quoi, ne serait-ce qu'ouvrir les caisses clouées des fusées.

Boris posa le grand modèle sur le comptoir, sur le ton de l'évidence il dit à André-Pierre de le régler avec le reste, sans même parler de le rembourser. Par bravade André-Pierre refusa, ne serait-ce que pour marquer de l'autorité devant le marchand...

— Et ce soir pour ouvrir les caisses, on fera comment ?

— Bon, ajoutez-le.

Histoire d'en finir au plus vite, le patron résolut de sortir lui-même les cartons. Depuis le fond du magasin il demanda qu'on lui donne un coup de main. Sèchement, Boris l'écarta de ces charges visiblement lourdes.

— N'allez pas vous abîmer quelque chose...

Deux par deux il commença de sortir les caisses jusqu'au quai en face et les entassa tant bien que mal sur le bateau, en plein soleil. Pendant ce temps, André-Pierre n'arrivait pas à remettre la main sur son portefeuille et son étui à cartes bancaires, il eut vite fait de maudire l'autre en ne les trouvant pas, tenté par les accusations faciles, jetant un sale œil à Boris qui revenait vers la boutique… Non, en fait ce n'était pas ça, il avait dû les perdre tout à l'heure au moment de leur plongeon, pareil pour son portable qu'il ne retrouvait pas, le tout devait reposer par cinq mètres de fond…

Plus il la ruminait, et plus une certitude n'en finissait pas de s'ancrer : il y a des individus comme ça qui ne vous réussissent pas, des êtres néfastes tout simplement, on se compromet rien qu'à les fréquenter, chaque seconde de temps passé avec eux est un péril de plus.

— T'en fais pas, va… Au retour on s'arrêtera…

— Mais enfin ça n'a pas de sens, on retrouvera jamais l'endroit…

— Moi si. À dix mètres à peine de la balise des dames, la cinquième du chenal, te tracasses pas, un bon masque et on plongera ; dites, vous avez ça, un masque et un tuba…

Dans la poche arrière, seul le carnet de chèques était toujours bien là, André-Pierre le feuilleta pour trouver le moins mouillé, le plus présentable.

— Je compte aussi le masque et le tuba ?…

Boris certifia que ce n'était pas la peine de faire un paquet cadeau, c'était pour mettre tout de suite, au passage il tenta de glisser le masque sur le visage d'André-Pierre, André-Pierre qui ne se laissa pas faire pour une fois, surpris lui-même de son sursaut, chahutant comme il ne l'avait sans doute pas fait depuis l'enfance…

La vue du stylo qui n'imprimait pas sur le papier trempé acheva d'exaspérer le commerçant. Comme pour se faire pardonner, André-Pierre amorça la conversation, d'un ton qui se voulait dégagé il lui demanda à quelle heure Philip avait appelé. Le droguiste en ventilant son chèque, répondit qu'il avait appelé une première fois il y a deux jours de cela, et ce matin encore, pour s'assurer que tout soit bien prêt…

— Et à votre avis il appelait d'où…
— D'ici pardi…
— Il vous a appelé de Paimpol ?
— Appelé ? Mais non voyons, il est passé.

De l'autre côté de la vitrine, avec deux caisses dans les bras, Boris défiait bravache les voitures, feignant de donner des coups de pied dans celles qui ne s'arrêtaient pas, animant l'avenue d'une parodie de querelle, histoire sans doute de parader devant ces touristes qui le regardaient depuis la terrasse du café, deux filles en particulier, qu'il avait repérées.

— Et le pied-de-biche, j'imagine que vous le prenez pas… C'est pas grave je le remettrai en place.

— Non, en fin de compte je vais le prendre.

— Comme vous voudrez.

Une fois le tout chargé, une fois les caisses toutes plus ou moins bien entassées sur la banquette arrière, aggravant cruellement le tirant d'eau, Boris décida d'aller prendre un verre à cette terrasse-là du port. André-Pierre rétorqua que c'était impensable de laisser cet arsenal en plein soleil, de toute façon il n'en pouvait plus de se balader dans ses habits mouillés, dégoulinant de partout, cette sensation globale d'être déconfit. Une fois de plus Boris le regarda se plaindre, avec plus d'ironie que de compassion, écœurement presque, le goût sans doute de le provoquer davantage. En ce qui le concerne il avait décidé de prendre un verre, et rien ne l'en empêcherait. André-Pierre avait beau râler, il avait beau essayer de l'apitoyer en s'essorant les manches, n'empêche qu'une fois de plus il était en train de le suivre. C'est là que, plus que jamais, il le détesta, plus que jamais il lui en voulait de ce souverain détachement, cette insouciance affichée, et pourtant, sans le moindre ordre ni la moindre injonction, il le suivait.

Il l'entraîna vers cette table où trois jeunes touristes, deux filles et un garçon, étaient installés. Le nez dans un guide, le garçon étudiait les contours de la région. Quant aux filles, elles se laissaient porter par ce qu'elles trouvaient d'exotisme à tous ces gens, même pas intimidées de voir ce type marcher vers elles, amusées aussi de voir son acolyte qui pressait le pas derrière, globalement émoustillées par cette palpitante inconnue, cette audace de l'homme qui prend le risque de s'avancer vers vous.

Tout à l'heure elles n'avaient rien manqué de ses allées et venues entre la boutique et le hors-bord, sa corrida avec les voitures. En plus de la perplexité, le jeune homme en fut quitte pour un autre désagrément, celui d'avoir à se pousser un peu, histoire que Boris s'installe. Tout sourire, il se posa entre les deux filles, prédit avec une finesse douteuse qu'elles étaient américaines, ce qui suffisait à les faire rire. Grotesque, pensa André-Pierre.

Dans un français très hésitant elles demandèrent à Boris si c'était son bateau. En plus d'acquiescer, il leur proposa, royal, d'aller faire un tour après. André-Pierre n'en revenait pas.

— Eh ben, faut pas rester debout comme ça, assieds-toi donc avec nous…

Avec l'allant d'une bonne nouvelle, Boris leur dit très bien connaître les USA, d'ailleurs il y était encore il n'y a pas si longtemps, ce qui d'un coup donna à l'ambiance un climat de connivence. Il les enroba toutes deux d'un sourire, lança un petit clin d'œil au gars, et leur demanda à tous ce qu'ils voulaient boire.

Le jeune homme demanda ce que c'était que toutes ces caisses… Des bombes pour débusquer le terroriste ! répondit Boris en lui vrillant un sourire dans le regard, au point que l'autre dut s'en sentir coupable, il en rougit… Tout de même le blond se crut obligé de rire, satisfait dans le fond d'avoir eu une réponse. En coin, André-Pierre considéra la déconfiture statique de ce pauvre type, il s'y retrouvait un peu. D'un certain point de vue il s'en sentait déjà solidaire.

— Alors, qu'est-ce qu'on vous offre… ?

Ils se consultèrent à trois pour savoir ce qu'ils allaient boire, d'un regard rapide Boris sonda André-Pierre pour la question du cash, et sans même attendre la réponse, il trancha net la perplexité ambiante en lançant :

— … Champagne !

À force de l'observer, d'en subir toute l'influence, André-Pierre tirait une conclusion définitive sur le compte de ce Boris. Pour la première fois il entrevoyait à quel point à côté de lui, Philip ne devait pas faire le poids. Pas une seconde il n'imaginait son beau-frère tenir tête à ce genre de type-là, pas une seconde il ne le voyait résister... À côté de Boris, plus que tout autre, Philip avait dû faire l'effet d'un gamin, un être friable, parfaitement influençable, sans doute influencé. Pas de doute qu'à lui aussi il lui faisait toujours le coup de payer... À coup sûr, Boris avait dû en faire ce qu'il voulait, de lui plus que de tout autre. Il est mille façons de prendre l'ascendant sur un type un peu largué comme Philip, sans compter les largués qui justement n'aspirent qu'à une chose, se laisser dominer.

... Un type capable de capter la première fille venue, un type capable de faire ouvrir le droguiste avant seize heures, un type capable de se faire aimer de tous dans cette famille, de se faire unanimement adopter, et tout ça en deux jours à peine, à coup sûr ce type-là faisait des autres ce qu'il voulait.

Pour la première fois André-Pierre ressentait de la compassion pour son beau-frère. D'imaginer Philip sous l'emprise de ce salaud, du coup il s'en sentit plus proche, du coup lui vint l'idée aussi attendrissante qu'inadmissible de se dire qu'ils étaient liés, qu'ils étaient aussi vulnérables l'un que l'autre, aussi méprisés. Intimement révolté par cette idée il se leva sèchement, signifiant ostensiblement qu'il partait, et d'un ton qui se voulait rude il dit à Boris qu'il rentrait, qu'il n'avait pas soif, qu'il en avait marre d'être là… Boris lui répondit juste d'un sourire narquois en lui montrant les clefs du Riva. Puis d'un ordre murmuré il lui demanda de se rasseoir, et de ne surtout pas gêner le serveur qui arrivait derrière, un serveur déjà largement débordé par toutes ces coupes sur son plateau, les oscillations de la bouteille de champagne…

Être pied à pied dépossédé de tout, inexorablement dépassé par la situation, et n'avoir pas d'autre choix que de subir… Une fois de plus lui revenaient toutes ces images, ces souvenirs odieux de vestiaires, quand gamin on le forçait à passer ce short idiot et de se mettre à courir après un ballon… Et la franche camaraderie qui émanait de tout ça, cette ambiance pesante comme une mauvaise blague, cette façon arrogante qu'ils avaient tous d'être parfaitement réjouis par la simple idée d'aller fouler un stade… La seule réponse qu'il avait trouvée c'était de bien vite se blesser pour retourner au vestiaire. Alors il se rhabillait et les attendait là sur son banc, sans plus bouger, sachant d'avance que quand ils reviendraient il serait submergé par la honte et la timidité, sachant qu'une fois de plus il serait ridicule, ridicule d'être le seul habillé au milieu de tous ces types nus et en sueur, allant même jusqu'à se comparer sous les douches, des types rendus insupportables à cause de ça, des types dont il avait toujours promis de se venger un jour, des types dont la seule arrogance venait de ce qu'ils avaient un corps et de ce qu'ils n'en souffraient pas... Eh ben pépère, tu te réveilles...

André-Pierre sursauta dans l'éclat de rire général, un peu hagard. C'est qu'en fait le patron l'appelait depuis le bout du bar, lui tendant désespérément le combiné du téléphone. Un appel. C'était pour lui. Ça venait de l'hôtel en face.

— « Allô »...
— ... Philip ?

Chacune sur son matelas gonflable, les sœurs se laissaient dériver, passant négligemment d'un bord à l'autre de la piscine, sans le moindre effort, se poussant juste chaque fois du bout du pied. Pendant ce temps-là les enfants jouaient sur les marches, ficelés dans leur bouée, jaillissant par moments. Le soleil déclinait, étirant les ombres jusqu'à les coucher, c'est l'heure où on traîne. C'est bien pour ça qu'elles s'exposaient franchement, sans retenue, pour le plaisir cosmétique de peaufiner le hâle, donner un sens à l'ennui. De temps à autre un souffle de vent déjouait leur trajectoire, les poussant vers tel bord ou les replaçant au centre du bassin, une sorte de jeu, de distraction pure.

À cette heure-là, les bruits de la plage se faisaient de plus en plus calmes. Là il ne s'agissait plus de cris rieurs et de défis aux vagues, mais plutôt de paroles douces, des façons éparpillées sur le sable, de projeter sa soirée. Des mères qui rangent les affaires au milieu des gosses qui se rhabillent, un gâteau sec dans la bouche, des vagues indolentes en bout de course, et quelques rêveurs qui savent la paix de se baigner en dernier, ceux-là se taisent en général.

Sur la mer il n'y avait plus de bateaux non plus. Fini les allées et venues tout en ratures, les hors-bord entêtants comme des moustiques... À cette heure-là du soir, la plupart des bateaux étaient ramenés haut sur le sable, ou au mouillage au milieu de la baie, tous pointés vers le même axe. L'émeraude chaude des pins sur le granit rose, les reflets de la silice comme une ondée de soleil, et dans tout ça une seule vague, un seul bruit, celui du Riva qui au fin fond perçait le décor, sortant de derrière la barrière de récifs, un bruit rendu plus rauque par le poids de la charge.

Les gosses comprirent tout de suite, à la réaction de leur mère...

— Les voilà, les voilà...

Vanessa avançait pieds nus jusqu'au bout de la pelouse. Au loin on voyait venir la coque d'acajou, vernie par le soleil, glissant sans la moindre secousse. Ils étaient deux à bord, Philip qui se tenait debout à l'avant, et le conducteur qu'on voyait en silhouette derrière le pare-brise. Soulevée par la joie, Vanessa reconnut nettement Philip, Julie se leva pour venir voir elle aussi, agiter des grands signes. Toutes deux suivaient de loin le feulement du huit cylindres en V, à bas régime pour une fois, ce qui lui donnait une allure solennelle.

Pour la circonstance le dîner fut servi sur la grande nappe. Quelques chandeliers en plus de l'argenterie, les projecteurs en fond de piscine, histoire de marquer le coup. Pour une fois, André-Pierre et Philip s'étaient spontanément assis l'un à côté de l'autre. La mère goûtait avec bonheur la nouvelle disposition de ceux qu'elle voulait considérer comme ses deux « fils », elle y voyait l'effet de ses démarches auprès d'André-Pierre, un indéniable rapprochement. Depuis le temps qu'elle attendait de les voir ainsi, peut-être pas amis, mais en tout cas réconciliés ; complices d'une certaine façon. D'autant que ce soir ils étaient au moins semblables en un point ; cette difficulté qu'ils avaient tous deux à être là, un genre d'absence dans l'attitude, une fatigue dans le regard, sans doute...

— C'est que ça pèse des tonnes ces machins-là, répétait Philip en forme d'excuse...

Et puis l'effort de décharger les caisses du

bateau jusqu'au ponton, et après ça de les traîner jusqu'à la petite crique, de les monter
jusqu'aux roches… Crevés qu'ils étaient.

Le père, la mère, ils dirent tous combien
c'était dommage que ce soir Boris ne soit pas
là, un si bon repas.

Philip avait noté la déception de ses sœurs
quand il leur avait annoncé que Boris ne vien-
drait pas, qu'il avait préféré rester sur le continent, et que visiblement il n'avait pas l'intention
de s'y ennuyer… Il avait aussi remarqué ce passable tourment chez son père. Le père habituel-
lement si distancié de tout, le père tellement
contemplatif de sa propre désinvolture, voilà que
pour une fois il semblait sincèrement contrarié
qu'un de ses convives ne soit pas là…

— Mais tout de même, il ne va pas coucher
là-bas, il n'a même pas pris ses affaires… Je crois
même me souvenir qu'il est parti torse nu…

Tout le monde acquiesça, certain de l'avoir
vu partir cet après-midi sans chemise ni tee-
shirt, rien sur le dos…

— Il ne va tout de même pas se balader en
caleçon de bain toute la nuit… ?

Sans conviction, André-Pierre et Philip répondirent qu'il rentrerait cette nuit, ou plus tard,
qu'il n'allait pas tarder… De toute façon ce gars-
là était tellement débrouillard qu'il était bien
capable de se trouver une garde-robe, même
sans un sou, et les magasins fermés.

C'était dur de ne rien laisser paraître, de ravaler ce malaise qui remontait parfois, cette sensation terrible d'accident. Philip avait souvent ressenti ça aux premiers jours de l'incarcération, cette incrédulité qui assaille, ce sentiment de ne pas y croire, l'impossibilité de se confronter à son propre cas, d'être lucide sur sa propre situation…

— J'espère au moins que vous ne lui avez pas montré le passage de la *cuisse des dames*… Ce garçon est tellement plein d'audace qu'il serait capable de l'emprunter pour rentrer… Ce serait peut-être plus prudent d'aller le chercher, vous ne croyez pas ?

— T'en fais pas papa, il ne risque rien… En plus c'est un excellent nageur.

— Tout de même, avec les marées d'équinoxe… Et on ne sait jamais, des fois qu'il ait un peu abusé de la boisson.

La soirée traîna doucement comme ça, rythmée par les lueurs des flambeaux et le chant des grillons. Philip piqua une tête dans la piscine, il se disait encore fatigué du voyage, encore un peu nerveux. Il faisait tellement chaud qu'André-Pierre l'imita.

Après deux trois longueurs ils firent la planche tous les deux, parfaitement synchrones, on entendait à peine ces petits bruits d'eau, ce cla-

162

potis comme dans les baignoires. Toujours à table, les sœurs ne parlaient plus vraiment, tirant à tour de rôle sur un petit stick qu'elles se passaient en douce, regardant flotter ces deux corps parfaitement familiers.

Il y a longtemps maintenant que la marée était basse, très basse même au vu du coefficient, et déjà la mer commençait de remonter, toujours rapide dans les premières heures du reflux. On évaluait la vitesse de la marée à ces courants qui par endroits lissaient la surface, des flux à contresens, aplanis comme un métal, des passages où l'eau semblait plus dense et brillait comme un piano, une laque qui ne laissait rien présager du danger.

Pendant six heures la mer remontera comme ça, inondant tout, plaquant la vase au fond, engloutissant les traces de pas et les passages, évacuant tout souvenir de promenades, chavirant implacablement le décor pour en recomposer un autre. Comme à chaque fois elle remontera mille trouvailles jusque-là ignorées, des objets incongrus qui finiront leur voyage acculés à la plage, coiffés d'algues et souillés de sable, et qui demain matin satisferont la curiosité des plus désœuvrés.

Sans doute Philip avait-il changé ? C'est en tout cas ce que pensa la mère en découvrant qu'il s'était levé avant elle. À neuf heures il était déjà dehors, au bord de la falaise, il auscultait la baie avec les jumelles du père. Deux fois elle dut l'appeler avant qu'il l'entende. Le café était prêt.

Un tel décor, une si belle vue, il disait ne l'avoir jamais retrouvé nulle part, pas aux États-Unis en tout cas... D'ailleurs il n'y retournerait plus. Jamais. Fini. Terminé. En entendant ça la mère crut tout d'abord à une blague, le genre de nouvelle tellement espérée qu'elle n'en est plus plausible. C'était la première fois que son fils lui faisait vraiment plaisir, surtout si tôt dans la matinée.

Il tartina une tranche de pain, notant au passage que sa mère n'avait pas oublié sa préférence pour la baguette grillée, mais avant de la plonger dans son bol, d'une intonation moins tranquille il lui demanda si Boris était rentré cette nuit.

— En tout cas je ne l'ai pas entendu. Tu sais, je crois que ce garçon est un peu comme toi, il se lève tard ; du moins il ne m'a pas l'air du matin.

Tout de même, la mère ajouta combien son copain était charmant, gentil, qu'il avait tout fait pour se montrer agréable et courtois en attendant qu'il arrive ; un vrai plaisir que de l'avoir là.

À ce sujet elle se félicita que Philip ait décidé de revoir ses vieux amis, cela ne pourrait lui faire que du bien de fréquenter des personnes de ce genre-là, des garçons sains, sportifs, solides quoi.

Il noya minutieusement sa tartine, impressionné une fois de plus par la performance de l'autre, cette unanimité tissée en à peine plus de deux jours.

— Tu sais, de toi à moi, je crois que lui et Julie, enfin je ne suis sûr de rien mais…

De mieux en mieux, pensa-t-il.

D'autant qu'en disant ça la mère s'était illuminée d'un contentement explicite…

— Au fait maman, quand il est arrivé, vous l'avez bien installé dans la chambre bleue ?

— Oui, pourquoi ?

— Comment ça se fait que ses volets soient fermés ce matin ?

— Eh bien voyons, c'est qu'il dort…

— Mais ils étaient encore ouverts à deux heures du matin, quand on s'est couché…

— C'est qu'il les aura fermés en rentrant je suppose… Qu'il se sera couché plus tard que vous.

Pour le coup ça n'allait plus du tout.

La tartine était littéralement disloquée dans le café tiède, il n'en voulait plus, mais surtout il fallait qu'il aille voir dans les étages.

— Eh ben, tu ne finis pas ?

Dans une niche à même la falaise, surplombant une anse où quelques rares plaisanciers avaient jeté l'ancre, André-Pierre et Philip installaient les fusées pour ce soir. D'abord il leur avait fallu monter les caisses jusqu'au sommet, puis les redescendre à l'aide d'un treuil, tout doucement le long de la roche, le tout en plein cagnard…

C'était Philip le contremaître, André-Pierre se contentait de lui passer un à un les tubes, plus circonspect que jamais, terrorisé à l'idée de manipuler des explosifs. En plus il lui fallait endurer les reproches d'un Philip à cran, qui ne décolérait pas depuis ce matin.

— C'est grotesque, mais qu'est-ce qui t'a pris d'avoir fait ça…

— Je pensais que tout le monde se serait dit : *tiens, les volets sont fermés c'est donc qu'il est là…*

— Et à ton avis ils se seraient dit ça toute la journée ? Hein ? Toute la journée tout le monde aurait regardé sa chambre en se disant *tiens les volets sont fermés, c'est qu'il est là*, et tout le monde aurait passé la journée à se demander jusqu'à quand il allait dormir…

— Mais je ne sais pas, il aurait très bien pu dormir ici cette nuit, et repartir tôt ce matin, pourquoi pas…

André-Pierre s'enfonçait, comme l'élève qui perd pied face au maître excédé. D'ailleurs il ne savait même plus s'il avait bien fait de les fermer ces foutus volets, il perdait le fil de sa propre logique. À force, il ne se rappelait même pas en quoi il avait pu considérer que c'était une bonne idée. Tout comme il ne savait plus s'il faisait véritablement trop chaud, ou si c'était la peur qui le gagnait, cette odeur de poudre qui le plombait de prémonitions… Heureusement que Philip assurait, un Philip plutôt résolu pour le coup, signe que la tôle l'avait tout de même un peu changé.

— Et si des fois…

— Arrête avec tes hypothèses… De toute façon c'est trop tard pour flancher.

Pour Philip l'essentiel c'était bien de s'être débarrassé de ce mec-là, ce salaud qui finissait par l'obséder, par lui pourrir la moindre pensée, l'essentiel c'était d'avoir su défourailler sa haine, cette lame bien verrouillée dans son étui de conscience, au crime toujours neutralisé, toujours différé, mais qui une fois qu'elle a servi n'en finit plus de blesser.

— Mais t'es sûr qu'il avait pas de parents, personne pour s'inquiéter…

— Passe-moi les câbles là, bouge-toi un peu…

Le bénéfice c'était de s'en savoir soulagé, de s'en être débarrassé comme d'une nuisance. Depuis la veille il essayait de se raccrocher à cette idée, d'avoir rétabli l'ordre des choses, soulagé qu'il y en ait un. Mais déjà les sueurs le reprenaient, à nouveau il se sentait piégé, cerné par ces dizaines de fusées fixées à même la roche, une roche elle-même bouillante, toute proche de la fusion, prête à exploser. Un cran de plus au coup de chaleur et tout pétait.

— … J'y arrive pas tu comprends, moi ce genre de situation ça me dépasse, j'y arrive pas.

— Et moi, tu crois peut-être que ça m'arrive tous les jours…

— Toi c'est pas pareil, toi ça fait des mois que tu l'avais sur le dos, et puis quand on sort de prison on ne voit plus les choses de la même façon…

André-Pierre était convaincu de ça, un homme qui a fait de la prison est d'une espèce à part, foncièrement dénaturé, il ne peut en ressortir qu'en fauve, enragé, souillé de ce fiel de fureur et d'ombre qui abreuve tout séquestré. Pour lui Philip n'était plus le même, la prison l'avait endurci, comme un vaccin qui protégerait de la peur, de l'indignation, un vaccin qui immuniserait de toute émotion.

Pour sa part Philip se savait plus fragile encore, hanté de cette perdition qui ne le quittait
plus, celle des premières heures, des premières
secondes de l'interpellation, où on vous dit de
rester là, pas bouger, demander pour aller pis-
ser… Au fond il n'avait toujours pas compris
comment quelques malheureux grammes avaient
pu le plonger dans une telle spirale. Tous les
matins au réveil la même phrase lui revenait ; j'y
crois pas, jusqu'à en trembler, jusqu'à en chialer, comme un gosse qui supplie pour que ça
s'arrête, qui n'a plus envie de jouer… Mais dans
cet univers-là, les caprices ne trouvaient pas
d'écho, les types étaient tous plus blindés les uns
que les autres, les âmes aussi rugueuses que les
murs, les détenus comme les matons, tous se ba-
ladaient sans pull alors que lui il avait froid, tout
l'hiver il avait eu froid, mangeant, dormant et
pissant dans le froid, et pendant que les autres
avaient l'obsession de se trouver un portable,
des cigarettes ou un bout de shit, lui il canti-
nait pour s'acheter du charbon animal ou du
Smecta, tout ça pour se constiper au maximum,
tout ça pour ne pas avoir à chier dans l'écho des
autres…

Dans les premiers temps Boris avait été un
recours, un type inébranlable, intelligent, par-
dessus tout il avait pigé qu'il n'était pas comme
eux. Dans cet univers, Boris était le seul élément

170

de cohérence, le seul à qui parler vraiment, au point de trop en dire, au point de se livrer, de présenter l'avenir comme une reconnaissance illimitée, de solliciter sa protection comme une avance, selon la formule dite, non productive d'intérêt... Philip savait que c'était une faute de s'être montré si faible, disposé à toutes les concessions, dès le début il avait mesuré le péril de s'en remettre à ce gars-là, de solliciter sa tutelle, il s'était bien douté qu'un jour ou l'autre il lui faudrait *passer à la caisse*, pour reprendre ses termes, souriant tout de même en disant ça, souriant, mais pas tant que ça.

— Oui peut-être, mais toi au moins ça fait des mois que tu y penses, ça fait des mois que tu cogites à ce mec-là, alors que pour moi c'est nouveau tout ça, moi il y a encore deux jours je ne le connaissais même pas... Et puis après tout ce sont tes histoires, pas les miennes en tout cas...

— Maintenant, si.

André-Pierre était hanté par la scène, tout dans le décor la lui remémorait. Boris qui n'en finissait pas de disparaître sous l'eau et de remonter pour reprendre son souffle, cherchant sincèrement le portefeuille et les clefs, une nouvelle occasion pour lui de frimer, mais chaque fois qu'il repartait vers le fond la tentation se précisait, son image se troublait avant de disparaître complètement, au point de souhaiter qu'il ne remonte pas, quitte à l'aider, quitte à prier, quitte à... D'ailleurs ils n'eurent même pas besoin de se concerter pour se comprendre, et si c'est bien Philip qui avait frappé, André-Pierre tout de même lui avait désigné le pied-de-biche ; de la complicité déjà.

Le plus sage serait de tout recommencer, de rembobiner le film pour tout revoir, revenir deux jours en arrière et éviter ça...

— Ce qui est fait est fait, nom de Dieu... Et puis cesse de pleurnicher comme ça, ou bien chiale un bon coup qu'on n'en parle plus, mais aide-moi...

Une à une André-Pierre continua de lui passer les fusées. Philip s'appliquait sur sa pyrotechnie, avec sang-froid, volupté presque, comme si ce genre de péril lui convenait, comme s'il y avait un plaisir, une sorte de grâce, à se sentir encadré par toutes ces petites bombes à retardement, qu'il y avait une jouissance à tutoyer le danger, que ce soit le feu, la poudre, le souvenir de Boris pourquoi pas...

André-Pierre tremblait de plus en plus. C'est qu'au-delà de l'émotion, au-delà de cette nuit passée à guetter tous les bruits du dehors, au-delà de ce besoin qu'il avait depuis ce matin de regarder partout dans la baie, de chercher à tout voir, il réalisait qu'il était rien de moins que le complice d'un parfait inconscient... La simple idée de cette association, la certitude de se savoir compromis à vie pour cette histoire sordide, tout ça l'écœurait jusqu'à la nausée.

— Si des fois ça tournait mal, je t'en supplie, ne me mouille pas ; je te donnerai ce que tu veux mais surtout dis bien que je n'y suis pour rien, après tout c'est toi qu'as frappé, moi je t'ai juste montré le...

Là-dessus Philip descendit en trombe du rocher, dégringolant presque, il empoigna la tête d'André-Pierre et lui ouvrit grand la bouche pour lui caler une flash-traçante dans la mâchoire, comme un cigare, exhibant le briquet allumé...

— Et là, tu me donnes combien pour pas l'allumer, hein, vas-y, dis-moi ton prix... Finalement tu veux que je te dise, sous tes petits airs, t'es comme l'autre, aussi dégueulasse, « le monde te doit tout », la seule différence c'est que toi tu crois qu'on peut tout acheter, et lui qu'il suffit de se servir...

En fin d'après-midi ils prirent un verre sur la terrasse. Tout le monde tablait sur le retour de Boris pour le dîner, ça ne faisait aucun doute, il avait dû passer la nuit chez une quelconque conquête, et en conquistador lassé ce ne serait pas le Gulf Stream qui nous le ramènerait ce soir, mais le désir impérieux de ne pas manquer les festivités.

Pour Philip et André-Pierre, l'évidence de la supposition était vécue comme un soulagement. L'idée de l'escapade sensuelle, si elle n'était plus douteuse, était assez bien vécue par Vanessa, elle trouvait ça plutôt cocasse, presque amusant, alors que Julie, plus pensive, affectait le désintérêt, masquant mal le désenchantement.

C'est là tout le charme des fins d'après-midi de juillet, le soleil inonde mais n'agresse plus, les propos papillonnent autour de verres bien frais, puisque la journée a été bonne on sait l'essentiel atteint, tout le reste est à prendre comme un divertissement, dans un autre registre, avec d'autres vêtements, c'est pour ça qu'on ira se prendre une douche avant de songer au repas, et qu'on se changera pour la soirée.

Ils étaient tous retournés vers la maison, Philip et André-Pierre se retrouvaient face à face, chacun dans son transat, sans se parler, scellés par le même pacte.

Le soleil venait sur eux comme d'un projecteur, dans l'axe même de l'entrée du parc, passant sous le parasol, les incendiant d'un gigantesque halo doré. Ce serait la soirée idéale pour tirer un feu d'artifice, pas un nuage, pas le moindre souffle de vent, le ciel était d'une sphère aussi pacifiée que la mer en bas. Les yeux fermés ils goûtaient la paix de cette heure bénie, une coupe de champagne à la main, le seau à glace sur la table basse, sur lequel la lumière cinglait. Ils se resservaient en trinquant mollement, comme à une victoire, une paix de gagnée, goûtant pour de bon au repos du guerrier.

C'est sans doute cette ombre qui les intrigua.

Qu'une silhouette apparaisse au loin entre les grilles de votre parc, et que cette ombre-là se projette jusqu'à vous, infiniment étirée, comme une tache dans cette lumière parfaite, pour que très vite on songe à s'en méfier.

À cette heure de l'après-midi le soleil tapait en plein sur la terrasse, la main en visière Philip et André-Pierre essayaient de deviner le visage, de reconnaître une silhouette générale, sans trop y croire… Encore loin, l'homme continuait de marcher vers eux, sans même marquer un temps d'arrêt, l'allure lente il avançait… Philip se redressa le premier, n'y croyant pas, alors qu'André-Pierre se figeait déjà, tétanisé comme jamais.

L'homme venait vers eux avec cette démarche un rien surjouée, à peine appuyée, de ceux qui se savent observés. Dans ses Ray-Ban les reflets se suivaient plan par plan, la pelouse vert émeraude lissée comme un velours, le Trianon de pierres blanches qui dominait le tout, la piscine au bas des marches, les fauteuils translucides qui ondulaient à la surface, les transats en teck sur le bord, vides encore une fois.

C'est dur de deviner les intentions d'un homme dont on ne voit pas le regard, c'est là qu'on y projette tout ce qu'on redoute, qu'on y décèle tout ce qu'on appréhende. À mesure qu'il approchait, André-Pierre et Philip découvraient leur reflet dans les Ray-Ban, plus jumeaux que jamais, ils s'y virent se lever, ne plus bouger vraiment, ne pas trouver les mots. En arrivant à leur hauteur il leur balança un grand sourire, de ces rictus carnassiers qu'on a du mal à prendre au premier degré, attitude désarmante, ils eurent le même réflexe idiot de lui tendre la main… Sans y répondre il ramena une chaise à côté d'eux, sous le parasol, prit un verre et leur tendit, comme s'il attendait qu'on le serve, comme s'il n'était là que pour ça…

— Bon alors, où on en était…

Seul le père depuis sa chambre avait tout suivi, comme à l'époque où il guettait le sanglier depuis les fenêtres de la propriété, parce qu'il est une défiance en l'homme, chez le chasseur en particulier, qui n'en finit pas de désirer.

Sur les coups de vingt heures, le marchand de couleurs sortit pour tirer son rideau métallique. Il faisait encore plus chaud dehors que dedans. Il jeta un œil au ciel limpide, sans une trace, tout juste le trait parfait d'un avion très haut, rectiligne et franc, pas le moindre souffle pour le dévier, pas un bruit, tout juste l'euphorie des étourneaux qui chassaient haut ce soir. C'est à ce moment-là qu'il entendit une détonation venue de l'île, une fusée probablement, la première qu'ils avaient dû tirer chez les Chassagne. Chose étrange tout de même que de commencer un feu d'artifice alors qu'il ne fait pas encore nuit. Il regarda en direction de l'île, mais ne vit pas la moindre lueur dans le ciel, pas le moindre éclat.

En fait ce soir-là il n'y eut qu'une seule détonation, un tir qui ne produisit pas le moindre éclat, pas la moindre étincelle, pas le plus petit mouvement de gaieté.

DU MÊME AUTEUR

Aux Éditions Le Dilettante

VU, 1998 (Folio *n° 3326*)
U.V., 2003. Prix France Télévisions (Folio *n° 4181*)

Aux Éditions Flammarion

KENAVO, 2000
IN VIVO, 2002
SITUATIONS DÉLICATES, 2001
L'IDOLE, 2004

Chez d'autres éditeurs

CARTON, Éden, 2003

COLLECTION FOLIO

Composition Nord Compo
Impression Novoprint
à Barcelone, le 30 mars 2005
Dépôt légal : mars 2005

ISBN 2-07-31368-9./Imprimé en Espagne.